黄裳集

译文卷 I

莫洛博士岛　数学与你

山东人民出版社·济南
国家一级出版社　全国百佳图书出版单位

学术顾问： 李济生　杨　苡　黄永玉　姜德明
钟叔河　郑　重

编辑小组： 陈子善　胡长青　李　辉　陈麦青
陆　灏　吕　浩　励　俊　凌　济
容　洁　容　仪

1935 年在南开中学

1952 年与萧珊在李林墓前

《莫洛博士岛》初版封面

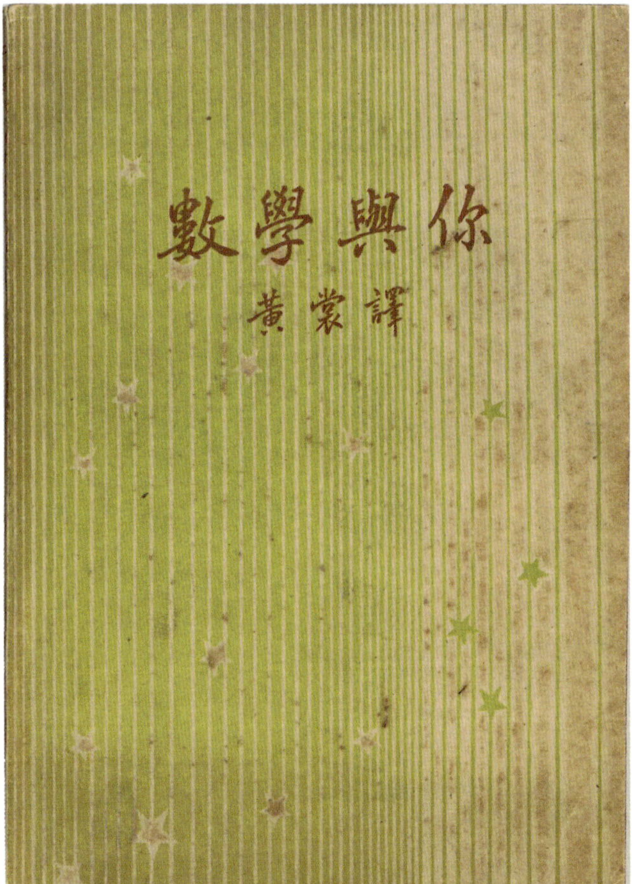

《数学与你》初版封面

目　录

莫洛博士岛

数学与你

莫洛博士岛

《莫洛博士岛》，英国 H. G. 威尔斯著，长篇“科学小说”，李林、黄裳合译，据“纽约 Alfred. A. Knope 书店版的 H. G. 威尔斯的《七本著名的小说》的初版本”翻译，1948 年 8 月上海文化生活出版社初版，列为“译文丛书”之一。次年 4 月再版。

据初版本编入。

第一章

我并不打算在报纸上已经发表过的关于范夫人号沉失的记载以外来添加些什么。人人都知道这只船离开了卡劳第十天上就和一只漂流的船只撞上了。救生船和它的七个水手在十八天后被皇家砲舰桃金娘号救起。他们所经历的艰苦几乎和那更可怕的水母号事件同样地流传着。然而我现在却要在已经发表了范夫人号的故事上来添加一个同样可怕而且更奇特的故事。直到目前为止，大家都以为停留在另一只小船上的四个人，已经丧失了生命，不过，这是不正确的。对于我这几句话有一件最好的证明——我就是那四个人中间的一个。

可是，首先我必得声明：小船里从来没有四人；船上只有三个人。“舰长看见跳入小船里”（这是一八八七年三月十七日的《每日新闻》的记载）的康士旦士并没有跳在船里。

这时于他是不幸，对于我们却是很幸运的。他从破损了的船首斜樯的绳缆堆中脱身出来正向下跳的时候，他的脚踵被细绳缠住；他在空中倒吊了一刻就落下在水中，撞在一块漂浮着的木块上。我们把船划上前去，但是他始终没有浮起来。

我说他没有和我们在一起是一件对于我们很幸运的事，其实我也很可以说对于他本人也是很幸运的事，因为事变来得太突然，同时那只大船又没有对于任何灾患的准备，结果我们只带出了一小瓶淡水和一些被水浸湿了的饼干。我们以为在救生船里的人们有着充足的食粮（现在看起来他们好像也并没有），所以我们就努力向他们叫喊。他们大约不曾听见，等到第二天过了正午雾散雨停之后，他们却踪影全无了。为了小船一直在颠簸的缘故，我们不能站立起来四面张望。大浪不断地卷来，我们历尽了艰苦才能使船头向前。同我一起逃生的两人，一位叫海耳麻，他和我同是旅客，另外一位是一个身材矮小略带口吃的水手，我不知道他的名字。

一共有八天之久，我们饿着肚子漂流，并且在淡水喝完之后遭受着那难忍的口渴的苦刑。从第三天开始海洋慢慢平静起来，最后竟至平如镜面。普通的读者要来想像那八天的景象简直是不可能，因为在他的记忆里他没有任何事物可以用来想像——这在他本人是一件很可庆幸的事。第一天经过了以后，我们彼此极少交谈，不是躺在船上望着天际，就是瞪着那一天比一天更大更憔悴的眼睛让灾祸和软弱制服我们。太阳变得无情。在第四天上淡水就喝尽了；我们已经开始想起稀奇的事情，又用眼睛述说它们。可是依我想来，直到第六天上海耳麻才把我们大家的思想说了出来。我记得我们的声音是又哑又低，所以我们把身子弯在一起好节省我们的话语。我竭力反对这事，却主张把船凿沉，大家葬身在跟随着我们的鲨鱼的口中。然而等到海耳麻说起倘若他的提议被接受，我们就会有东西喝，那个水手就走到他的跟前。

但是我不肯抽签。到了晚上那水手一次一次地对海耳麻低语，同时我却坐在船头，手中拿着我那把摺刀——现在我倒怀疑我那时是否有力量来争斗。次日早晨我同意海耳麻的提议，我们用一个半便士的铸币来决定那个多余的人。

恶运降在水手的身上，但是他是我们三人中间最强壮的人，他不肯听从这个决定，反而用双手来打击海耳麻。他们纠缠在一起，几乎站立起来。我沿着船边向他们爬去，打算捉住水手的脚来帮助海耳麻，可是船的摇动使得水手颠踬，他们两人都跌在船沿上，随即一起滚入水中。他们和石头一样地沉了下去。我记得我为了那个还笑了起来，后来又诧异我为什么发笑。这笑就像一件外来的东西突然抓住了我。

我在横座板上躺了不知多久，同时在思索假使我有力气，我就要喝海水，让我自己发狂以便死得快些。就当我躺在那里，我看见了一片风帆从地平线上出现向我走来，可是我并不比看到一幅图画感到更多的兴趣。那时我的意识一定在开始丧失，然而我现在却把当时的一切遭遇都记得清清楚楚。我记得我的头脑和海水一同摇动，地平线和它上面的帆上下地跳舞着。可是我也记得同样地清楚，我觉得我已经死了，又以为他们稍稍来迟了一刻，不能在我的肉体里捉住我真是一件好笑的事。

经过了一个无尽的时间（我那时是这样觉得），我把头放在横座板上注视着那跳动的双桅船从海上升起，它在一个广大的范围里不住地来回转动，因为它是一直冒着上风行驶的。我完全没有想到设法引起注意，并且在看见了它的船身以后和后来发见我自己在船尾一间小房舱里以前，这其间的事我都记不清楚了。我只模模糊糊地记得被人抬到舷门，又记得一张长着斑点和红发的大圆脸伸在舷墙上望我。我又有一种不连续的印象，觉得有一张长着特别锐利的眼睛的黑脸靠近我的脸，可是在我后来再看见它以前我一直以为是一个梦。我记得有某种物品从我的牙齿间倾倒过。我所记得的就只是这些。

第二章

我躺在里面的那间舱房又小又不太干净。一个有着淡黄色头发，粗硬的唇髭，突出的下嘴唇的年纪不很大的人坐在旁边握住我的手腕。我们暂时互相注视，并不做声。他的水汪汪的灰色眼睛毫无表情。

不久就在上面传来了一种声音，就像有人敲打一根铁床柱，也像某种大动物的怒号声，同时那人又开口了。

他重复他的问句："你现在觉得怎样？"

我想我是回答说我觉得很好。我记不起来我怎么会来到那个地方。他一定是从我的脸上看出了这个疑问，因为我没有听见我的声音。

"你是从一只船上救起来的——快饿死了。船的名字是'范夫人'，船舷上有许多奇怪的迹印。"就在那时我的眼光落在我的手上，手瘦得来好像一个龌龊的皮袋充满了松散的骨头，船上的一切事件我又突然记起来了。

"吃点这个"，他说着就给我一些冰过了的红色药品。它的味道就像血一样，可是它却使我觉得体力恢复一些。

"你的运气真好，"他说，"会被一只有医生的船救起。"

他说话时口音微微有点含糊不清。

“这是什么船?”我慢慢地说，长久的沉默使我的声音发哑。

“这是从亚利加和卡劳来的小商船。我从来没有问过它最初是从什么地方来的。我猜想大约是从那生来就是傻瓜的国度里开驶出来的吧。我本人是从亚利加上来的搭客。这船的主人同时也是船长，这个蠢驴名叫德威司。他好像把他的证书也弄丢了。你知道他是哪一路人，坏名字尽够多的，他却给这船取个‘伊白加宽哈’。”

上面的闹声又重新开始，低浊的怒吼和人声杂在一起。随后又有另外的声音叫一个“为上天所弃的白痴”停止。

“你那时几乎死了,”我的对谈者说道。“真的，实在只差一点点。可是如今我已经喂了你一些药了。觉得手臂发酸么？打的针呀。你人事不醒差不多已有三十点钟。”

我慢慢地思索。这时我的注意力被一群狗的吠声扰乱了。“我能够吃点坚硬的食物么?”我问。

“这也全亏了我,”他说,“现在正煮着羊肉呢。”

“不错,”我坚决地说,“我能吃羊肉。”

“但是,”他略带犹豫地说道，“你知道我很想晓得你怎么会一个人在船里。”我想我在他的眼睛里看出了一些怀疑的神色。

“叫得真讨厌死了!”

他突然离开舱房，我听见他和别人激烈地争辩，那人用含糊不清的口音回答他的话，我听不清楚。这件事好像是用武力解决，可是关于这个我却以为我听错了。过后他大声对着狗群叫骂，然后回到舱里来。

“说吧，”他站在门口说道，“刚才你正要告诉我。”

我对他说我的名字是艾德华·卜伦狄克，又告诉他为了解除我那安适的独立生活的毫无生趣起见，我研究过博物学。他对于这个似乎感到兴趣。“我自己也研究过科学，我在大学学院学的生物学——取出蚯蚓的卵巢，蜗牛的齿舌和那一类的事。天呀！那是十年以前的事了。可是说下去吧——把这小船的事告诉我。”

我用了极简短的话语（因为我依然十分软弱）述说了我的故事，他对于我的坦白叙述显然感到满足。等到故事说完以后，他又把谈话的题目转到博物学和他自己对于生物学的研究。他仔细问我关于吞吐汗路和高耳街。“加卜拉直的生意依旧兴隆么？那所店铺真了不得！”他显然以前是一个普通医学生。谈话的题目又移到娱乐场所。他告诉我一些轶事。“十年前就和这一切分别了。从前那一切多末有趣！不过我自己也太傻……还不到二十一岁就弄得精疲力竭了。我敢说如今却一切都不同了。可是我必得去看看那个蠢厨子，看他把你的羊肉煮得怎样了。”

舱面的吼声重新开始，这次却起得非常突然，并且带着极深的怒意，我不觉吃了一惊。“那是什么？”我喊着问他，但是门已经关上了。他带了煮羊肉回来，羊肉的香味激动了我的饥肠，我立即就把怒兽的吼声忘记了。

经过一天饱食足睡以后，我的体力恢复了大半，我能够下床走到窗孔前去张望追赶着船的海浪了。我知道我们这船是顺着风走的。当我正站在那里的时候，孟高梅立（这是那个淡黄头发的人的名字）走了进来。我向他要衣服。他把他自己的麻布衣服借给我，因为他说我在小船上穿的已经扔在海里了。我穿他的衣服略嫌宽大，因为他的肢体都是又大又长。

他不经意地告诉我说船长在他自己的房里已经喝得有七八分醉了。我穿好衣服就问他这船最后的目的地。他说它是要开到夏威夷去的，不过先得送他在别处上岸。

“哪里?”我问。

“一个岛上……就是我住的地方。像我所知道的，它还没有名字。”

他把下唇突出凝视着我。他那突然装出的傻样使我想起他是不愿意我多问他问题。“我准备好了。”我说。他在前面引路，我们一同走出去。

第三章

在舱口上有一个人阻碍着我们的路。他站在梯上，背向着我们，正注视着洗刷舱口。我看得出他是一个畸形的人，身材矮短宽阔而笨拙，背弯曲着，头颈上全是毛，头陷在两肩上。他穿一套深蓝哔叽衣服，他长着一头特别浓而且粗的黑发。我听见那些看不见的狗的怒号声，于是他就倒退下来，正碰在我伸出去挡开他的手上。他带着兽类的敏捷转过身来。

这样闪到我眼前的黑脸大大地吓了我一跳。这张脸真长得出奇的丑恶。脸的下部突了出来，那形状使人模糊地想到兽脸，那张半开着的大嘴露出我从来没有在人嘴里看见过的大白牙。眼角血红，褐色的瞳孔的周围只有极细微的白圈。他的脸上带出一种稀奇的激动的神气。

“浑家伙!”孟高梅立说道，“你为什么不让开?”黑脸的人一声不响地跳在一旁。

我走上舱口，一面不由自主地凝视着他。孟高梅立暂时停在梯下。“你不应该到这里，你明白吧，”他用从容不迫的语调说道，“你应该到前面去。”

黑脸人畏缩地说道：“他们……不让我到前面去。”他说得很慢，声音微微发沙。

“不让你到前面去!”孟高梅立用着威吓的声音说道，“可是我叫你去。”他好像还要说些什么，但是他突然抬起头来望望我，就跟着走上梯来。我走到中途时停了一停往回看，对于黑脸人那出奇的丑恶感到无穷地惊异。我以前从来不曾看见过那样可厌那样奇特的脸，然而同时我却有着一种奇异的感觉，好像我不知道在什么地方曾经和我现在认为奇怪的面孔和形态接触过。后来我忽然想起也许我在被救起时看见过他，但是这个念头不能满足我的怀疑。我奇怪一个人见过这样稀奇的一张脸孔会把确实的场合忘记了。

孟高梅立跟着我走来打断了我的念头，我转回身去向着这只小双桅船的充满了生气的甲板上张望。从我听见的声音我已经半料到我所看见的景象。真的，我从来不曾见过那样龌龊的甲板。它的上面铺满了残余的胡萝卜，破碎的清菜和形容不出的垃圾。一大群凶猛的猎犬用铁练系在主桅上，它们这时看见我就不住地跳跃，又向着我狂吠。在后桅边放了一只关着美洲狮的铁笼，那铁笼小得来连让狮子转身的余地都没有。再往后靠船尾的左舷放着一些大号箱形巢，盛着许多兔子，前面有一只骆驼挤在一只小箱笼里。那一群凶猛的猎狗都是用皮带套着嘴，甲板上唯一的人类乃是一个在掌舵的消瘦而沉默的水手。

那些补缀过的龌龊的后樯纵帆都被风涨满，高高地在上面，这只小船似乎把所有的帆都张了起来。天是晴明的，太阳在西面天空的中间；尖端带着泡沫的长浪顺着我们的船走。

我们走过舵手到船尾栏杆旁，并排注视着在船尾下起泡沫的海水和在水痕上跳跃而又消灭的水泡。我转过身来打量这船身可厌的长度。

“这是一只海洋上的运兽船么?”我问。

“好像是。”孟高梅立说道。

“这些兽类是作什么用的? 商品呢? 还是珍品? 船长要想把它们在南洋的什么地方出卖么?”

“好像是的，不对么?”孟高梅立说道，又转身去望着水痕。

突然我们听见一声叫嗥和一大套咒骂声从舱口发出，那个黑脸的畸形人急忙地爬上来。在他的后面立刻跟着一个一头浓的红发戴着一顶白帽子的人。那群猎狗向我狂吠了半天本来已经厌倦了，可是这时一看见前面的那人又剧烈地激动起来，带着练子又叫又跳。黑脸人走到它们前面不觉踘躝起来，这样却使得红发人有时候赶上他来用拳头在他的两肩叶上重重打击一下。那可怜的畸形人像一头被打倒的牛跌在那群骚动的猎狗中间在尘土中打滚。幸好那些狗都有口罩。红发人发出一声欢呼，蹒跚地站在那里，依我看来他很有跌下舱口或倒在黑脸人身上的危险。

在第二人刚一出现的时候，孟高梅立就大吃一惊。“呆住!”他用着制止的音调叫道。有两个水手在前甲板上出现。

黑脸人怪声的叫喊着在群狗脚下打滚。没有人打算去帮助他。那群猎狗尽力困扰他，用它们带罩的嘴碰他。前面的水手们向它们欢呼，就好像这是一种很好玩的运动似的。孟高梅立怒吼一声，大步走下甲板。我跟着他走去。

立刻，黑脸人爬了起来，蹒跚地向前走。他撞在横桅索上，于是他就站住，一面直喘气，一面转过头望着那群猎狗。红须人发出满足的笑声。

“哎，船长，”孟高梅立的口齿更含糊一些，同时握住红发人的手肘，“这样不行。”

我站在孟高梅立的身后。船长半转过身来带着酒醉的人的无神的严肃的眼神望着他。“什么事不行?”他问，渐渐地把孟高梅立的脸望了一会又加上一句，“该死的外科医生!”

他用了一个敏捷的动作把他的两臂挣脱，又塞了两三下才把他的满是斑点的拳头塞入袋里。

“那人是搭客，”孟高梅立说，“我劝你不要动他。”

“滚蛋!”船长高声叫道，他突然转过身向旁边走去，“我在自己的船上爱怎样做就怎样做。”

我以为孟高梅立会让他去——既然那家伙喝醉了。可是他仅仅微微失色，又跟着船长到舷墙边去。

“喂，船长，我的那个人不是来受虐待的。他自从上船以后就被人逗着玩。”

酒力使船长一时找不出话说。他只说了一声：“该死的外科医生!”

我能够看得出孟高梅立是个脾气坏的人，我也看出来这种争吵已经经过一些时候。“这人醉了，”我说道，这也许是多管闲事，“你这样没有用处。”

孟高梅立把他那突出的下唇丑恶地动了一动。“他总是喝醉的。你以为那个可以作为他殴打他的搭客的藉口么?”

“我的船,”船长开始说,同时把他颤动的手向那些铁笼摆动,“从前是一只干净的船。如今看看它,看。”它确实不干净。“水手们也都是干净可敬的水手们。”

“带这些野兽是你同意的。”

“我真希望我从来没有看见过你那个地狱岛。真见鬼……那样的岛上要野兽做什么呢?还有你那个人……就算他是个人。他是个白痴。他什么也不会。你以为这整个船都是你的么?”

“他一上船你的水手们就逗弄他。”

“他就是那个东西——他是个魔鬼,丑恶的魔鬼。我的水手们受他不了。‘我’也受不了。我们谁都受不了。连‘你’也受不了。”

孟高梅立转身走开。“不管怎样,你不要逗弄他。”他说着一面点点头。

可是这时船长却打算要争吵。他提高声音说道:“他要是再到船的这头来,我就要把他的肚肠弄开,我告诉你。把他那讨厌的肚肠弄开!‘你’是谁,要来命令‘我’。我告诉你:我是这船的船长——船长也是船主。告诉你说,我就是这里的法律。我讲好一笔生意,带一个人和他的随从到亚利加去,再带他们和一些野兽回来。我从没有讲好带一个疯鬼,一个傻医生,一个——”

好吧,我不管他叫孟高梅立是什么。我看见孟高梅立向前走一步,我就去干涉。“他喝醉了,”我说道。船长用了些更下流更恶毒的话来骂他。“住嘴，”我严厉地对他说，因为我从孟高梅立的灰白脸上看见凶光。可是船长却因此大骂起我来。

虽然是这样，我却很高兴，因为这样避免了一场眼看就要发生的争斗。以前我也接交够多的稀奇古怪的朋友，可是我从来没有听见过从一个人的口里吐出来那末多的丑恶的话。我感到有的话实在不好受——虽然我是个性情温和的人。在我叫船长住嘴的时候，我忘记了我只是一个漂泊者，一个钱也没有，船票钱也没有付，仅仅一个暂时依靠着这样的恩惠的人。他骂我的那些话提起这情形。然而无论如何我却阻止了一场争斗。

第四章

那天日落以后看见了陆地，船也就停住了。孟高梅立暗示说那就是他的目的地。那地方离船太远，看不见清楚详情；在我看来它只是在那青灰色的海中一片低的模糊的青色而已。一缕垂直的烟从它上面升到天空。

看见陆地的时候，船长不在甲板上。他拿了我出气以后就蹒跚地走了下去，我知道他走出睡在他舱房里的地板上。实际上是大副发施号令。他就是我们看见把舵的那个消瘦的不说话的人。他也显然是在和孟高梅立呕气。他对我们两人一点也不理睬。我们静静地和他一道吃饭，我试了几次要和他谈话，却都没有成功。我也觉得水手们对我那伴侣和他的野兽也是持着一种奇异地不友好的态度。我察觉孟高梅立对于他带这些野兽的用意和他的目的地这两件事不愿多说，因此虽然我的好奇心越来越强，我却没有逼着问他。

我们在后半甲板上直谈到满天都是明星。除了有着黄光的前甲板偶然的声音和野兽等不时的转动而外，夜是非常寂静。美洲狮踡伏成一团，用闪烁的眼望着我们。猎狗好像是睡着了。孟高梅立拿出了几支雪茄烟。

他用一种带着半痛苦的回忆的声调和我谈到伦敦，关于那里起的变迁。问了各式各样的问题。他谈话的样子就好像他是一个欢喜他在那里生活的人，可是却突然地无可挽回地被迫与那种生活隔绝。我尽量地谈到各种事物。我越来越觉得他奇怪。在谈话的时候我藉着我身后罗盘箱灯的淡微的光线注视着他那奇异的苍白面容。后来我再向外面望着朦胧的海，他的小岛就是隐藏在那昏暗之中。

依我看来这个人从那广阔的世界里出现仅仅就是为了救我的命。明天他又会离开这船，重新从我的生命里消失去。这种事即使在极平常的情形之下也会使我略为思索。可是第一件稀奇的事就是这样一个有教养的人会住在那个无名的小岛上，并且还带着那样奇特的行李。我自己也在重述着船长的问题：他把这些野兽拿来做什么呢？而且当初我提到它们的时候，他为什么假装它们不是他的呢？还有，他那种人的随从有一种奇怪的性质，这个给了我极深刻的印象。这种种的情形都替这人罩上一层神秘的幕，它们把握住我的想像，阻碍着我的舌头。

将近夜半时，我们关于伦敦的谈话就结束了。我们靠住船舷并肩站着，梦幻似的对着映着星光的寂静的海，各人想各人的心事。这正是多感的气氛，我开始表示我的感激。

"倘你许我提起的话，"我说，"你救了我的命。"

"机会，"他回答说，"完全是机会。"

"我却愿意感谢当事的人。"

"用不着感谢谁。你有需要，我有知识，我给你注射，我喂你食物，就像我搜集标本一样。我那时无聊，想要找点事情做。假使我那天累了或者不欢喜你的面貌，那末——你如今在什么地方都是疑问了。

这话使我略为沮丧。“无论如何——”我开始说。

“我告诉你，这是机会，”他接嘴说道，“就和人生里的一切事物一样。只有蠢驴才弄不明白。为什么我在这里做一个被文明遗弃的人却不在伦敦尽量地享福呢？这就只因为在十一年前——在一个雾夜里我糊涂了十分钟。”

他停住。“喂？”我说。

“没有别的了。”

我们又陷入沉默里。随后他笑了起来。“这样的星光里有一种什么东西会让人口松。我简直是一头蠢驴，可是不知怎样我却愿意告诉你。

“无论你对我说些什么，我决不会告诉旁人的，你放心好了。”

他正要开始说什么，马上又狐疑地摇摇头。“那末就不用说吧，”我说道，“我知道不知道都是一样的。归根结底，你的秘密还是你守着的好。你除了心里稍微痛快一点以外也没有什么好处，这是假若我替你守秘密的话。假使我不……呃？”

他犹豫不决地叽咕起来。我觉得我占了他上风，抓住了他大意的时候，说句老实话我并不急于要知道什么东西会把一个医学生赶出伦敦来。我有的是想像力。我耸了耸肩就转身走开。一个沉默的黑影依靠在船尾的上部望着星群。这是孟高梅立的异样的仆人。他随着我的行动迅速地转过头来，然后重新望着别处。

对于你们这也许是一件小事，可是对于我这却像一个突然的打击。靠近我们的唯一的灯亮就是在舵旁的一盏灯。这个家伙的脸面从船尾的阴暗中转过来对着这个灯光只有一个极短的时间，可是我看见在那望着我的两眼中闪出淡绿色的光。

那时我还不知道在人类的眼里至少带着微红的光辉是寻常的。这东西照我看来是全无人性。那个黑的形体带着火一般的眼睛打倒了我所有的成人的思想和感觉，那忘却了的儿时的恐怖立刻回到我的脑海里来。随后这种突然来的影响又突然消失去。船尾上靠着的只是一个人的黑影，一个无关重要的人影。我发觉孟高梅立在对我说话。

"我想下去了，"他说道，"倘若你以为够了的话。"

我含糊地回答他。我们走下舱去，他在我的舱房门口和我道晚安。

当天夜里，我做了几个不好受的梦。下弦月升得很迟。它的光辉发出幽灵似的灿白光条掠过我的舱房，在我的床铺板上映下了一个凶形。后来那群猎狗醒来又开始嚎叫。因此我不断做梦，直到天快亮了才得安睡。

第五章

清晨一早（这是我复原后的第二早晨，也是我被救起来的第四清早）我从一长串充满了枪炮和骚动的人群的纷乱的梦境里惊醒，感觉到上面有粗暴的叫声。我揉了揉双眼，躺在床上听那闹声。跟着就传来了赤脚的走动声，沉重物件扔在地上的响声，和琅珰的锁链声。我听见船突然转向时的水响，又看见一个青黄色散着泡沫的浪花撞上小圆窗后水珠直往下滴。我连忙跳起来穿上衣服，就向甲板上走去。

当我走上梯子的时候，我看见船长的宽阔的背和红发映着红色的天空（因为那时太阳正在升起），在他的肩膀的上空那只美洲狮正在后樯纵帆横杠上吊着的辘轳下打转。这只可怜的野兽似乎受了极大的警骇，它静静地踡伏在小笼的底上。“把它们弄下船去!”船长叫道，“把它们弄下船去！那些倒霉的家伙都弄下去，我们的船就干净了。”

他正阻挡住我的路，因此我不得不拍拍他的肩膀以便走上甲板去。他吃惊地转过身来，又蹒跚地退后几步瞪着眼望我。谁都看得出来他仍是醉着的。“哈啰!”他蠢然地叫道，随后两眼忽然明亮起来，“嗨，这位是……是……”

“卜伦狄克，”我说。

“倒霉的卜伦狄克！”他说，“闭嘴——那就是你的名字。闭嘴先生。”

回答这个家伙是没有用处的。不过我倒确实不曾料到他下一步的举动。他伸出手来向着跳板，孟高梅立正站在那旁边和一个一头白发穿着一套肮脏的青哔叽衣服刚上船来的人在谈话。“到那边去，浑蛋闭嘴先生，到那边去，”船长怒吼道。

他叫的时候孟高梅立和他的同伴都转过身来。

“你这是什么意思？”我问道。

“到那边去，浑蛋闭嘴先生，就是这个意思。下船去，赶快。我们要把整个船都弄干净。所以你得下去。”

我目瞪口呆地望着他。过后我忽然想起这正是我愿意做的事。失掉一个和这个好争吵的人一同旅行的机会，并不是一件值得悲痛的事。我转过身去对着孟高梅立。

“不能要你，”孟高梅立的同伴简短地说道。

“你不能要我！”我说道，大吃一惊。我从来没有看见过他那样有决断的方脸。

“我说……”我转身对着船长开始说。

“下船去，”船主说道，“这只船不再搭载野兽和吃人的家伙了。你滚下去，闭嘴先生。倘使他们不要你的话，你就飘流去。不拘怎么你得去。跟你的朋友们去。我和这个宝贝小岛的关系算是完了，谢天谢地！我把它受够了！”

“不过，孟高梅立，”我向他求助。

他扭扭他的下唇，对着他的同伴无助地点点头，表示他无力来帮助我。

“我等一会就要来处置你，”船长说道。

跟着就开始一个稀奇的进退维谷的辩论。我依次地向他们三人请求，最初求头发灰白的人允许我登陆，随后又求船长允许我留在船上。我甚至向水手们哀求。孟高梅立不说一句话，只摇头。“告诉你你得下船去，”这是船长的话……“谁管法律！在这里我就是皇帝！”

最后我应该承认，一句恐吓话正说到一半，我的声音就突然哑了。我感觉到一阵歇斯底里的暴怒，就退到船尾愁惨地望着空处。

同时水手们正迅速地把包裹和野兽等卸下船去。一只有双横帆的大船停在我们的船的下风处，各种的货物正卸到这船里去。那时我不曾看见从岛上来接收货物的工人，因为那只船身被我们的船舷遮住了。

孟高梅立和他的同伴丝毫不注意我，却忙着指挥那四五个卸货的水手。船长走上前来，一点也没有帮忙，反而阻碍他们。我自己一会儿感到毫无办法，一会儿又感到自暴自弃。我站在那里等候事态发展，有一两次想起我那不幸的进退维谷的遭遇，我却忍不住想笑了。因为不曾吃早饭的缘故使我觉得更是难受。饥饿和缺乏血球使人失掉了丈夫气。我看得很清楚船长无论用什么方法来赶走我，我也没有精力来抵抗，我也没有精力来设法让孟高梅立和他的同伴收容我。因为我只消极地等候命运。同时把孟高梅立的物品搬运到另外一只船上去的工作继续进行，就好像我并不存在似的。

那种工作不久就做完了，跟着发生了一种挣扎；我被拖到跳板旁边，我有气无力地抵抗着。就在那时我依然注意到和孟高梅立同在那只船上那些人的奇怪的棕色脸。但是那船已经装满了，正急忙地摇开去。在我的下面现出一段绿色海水。我用尽平生之力往后挤，免得一直落在海里。

运货船里的工人们高声嘲笑，我听见孟高梅立咒骂他们。后来船长、大副和一个水手把我拖到船尾。范夫人号的小船拖在船后；它装了半船的水，没有桨，也没有装载食物。我躺在甲板上，不肯到那船上去。最后他们用一根绳把我吊下去，又把拖绳割断让我飘流。

我渐渐地飘离开双桅船。在一种麻木不仁的状态中看着水手们张开帆，那船就慢慢地打转顺着风向。所有的帆都渐渐扑动，等到风吹入以后都满涨起来。我眼睁睁望着它那饱经风霜的船舷向我走来，随后就出了我的视线了。

我并没有回过头去看它。最初我难以相信一切发生了的事情。我蹲伏在小船里，吓呆了，痴痴地望着海水。随后我明白了我又在我那个地狱里，一半装满了水。回过头去我看双桅船离我远去，红发的船长站在船尾向我嘲笑；等我转过头来望着小岛，我看见那只货船越走越小，渐渐靠近海滩。

突然间我明白了我之被遗弃实在太残忍了。我毫无靠岸的机会，除非是我碰巧飘流到那里。由于我在小船上曝露得太久的缘故，我仍然是非常软弱，我感觉到空虚和晕眩。突然我开始号啕大哭起来，从我长大以来还不曾这样哭过。泪珠流遍我的脸面。怀着极端绝望的心情我不断停地用拳击船内的水并且拼命用脚乱踢船舷。我高声哀求上帝让我死去。

第六章

可是岛上的人们看见我真正地在海上飘流，却怜悯起我来。我十分迟缓地向东飘去，斜向着小岛。不久我就看见那运货船转过方向对我驶来，这使我惊喜欲狂。那只船满载着货物，它驶行近我时，我能够看清楚孟高梅立的白发宽肩的同伴在船尾的帆下局促地坐在狗群和铁笼中间。他定睛望着我，不动，也不说话。那个黑脸的跛子站在船头靠近狮子也是同样地定睛望着我。船上另外还有三个兽相的怪人，那群猎狗直向他们狺狺狂吠。孟高梅立掌着舵把船开驶近我，然后站起来拉住我的船索，把它系在舵柄，拖住我的船，因为那只船上没有余地容我了。

这时我已从狂喜中清醒过来并且回答他的招呼。我告诉他我的小船里几乎盛满了水，于是他就递给我一把长杓。我连忙用它来戽水，一直到水快弄干净（船并不破，水是注进去的）我才有工夫来注意货船里的人们。

那个白发的人仍然凝视着我，可是在我现在想起来，他好像是带着惶惑的神气。当我们两人的眼光相遇时，他却低下头去望着挤在他膝间的那些猎狗。我已经说过他是个强健的人，有着饱满的前额和刚毅的面容，可是他的眼皮却略略下垂就和老年人一样，他的嘴角微向下弯，显出决断的神气。他和孟高梅立在谈话，只是声调太低，我听不清楚。随后我的眼光又从他的身上转向他的三个水手，他们真是奇怪的水手们。我看见的只是他们的脸，然而他们脸上有种说不出的神情使我起了一阵厌恶的心情。我定睛注视着他们，印象依然不曾消去，虽然我说不出这印象是什么引起的。据我看来，他们好像是棕色人，可是他们的肢体上却满布着龌龊的白色物品，甚至手指和脚上都有。我以前从不曾看见男人把身体那样包扎起来，妇人们也只有在东方才是那样。他们也缠上头巾，在这下面露出那有着突出的下颚和明亮的双眼的怪脸望着我。他们的细长的黑发极像马尾，他们坐在那里，身材好像比我所见过的任何一种人都要高大。我知道那个白发人足足有六尺高，可是他坐着比他们三人中任何一人都要矮上一个头。后来我发现他们实际上并不比我高，可是他们的上身反常地长，大腿部份却很短而且是弯曲得奇形怪状。无论如何，他们总算是特别丑陋的一群，在他们的头上前面的横帆下，那个在黑暗中两眼闪闪发光的黑脸人，正在那里窥伺着。

我向他们注视，和他们的眼光相遇，然而他们马上一个跟一个地避开了我的眼光，却带出一种奇怪的神气偷偷看我。我忽然想起我也许使他们不安，因此我就把注意力转移到我们靠近的岛上去。

岛很低，布满了草木，大半都是那免不了的棕榈树。在一处有一缕淡的白烟倾斜地升到极高然后逐渐消失就像一片鹅毛。这时我们走进一个宽阔的海湾，两旁伸出低的海角。海滩铺满暗灰色的沙，突然地陡斜上去成一条堤脊，高出海面六七十尺，不规则地长着丛树和矮林。在这中间有一圈方的石墙，后来我发现这一半是珊瑚一半是镕石筑成的。两间草屋顶从这方城内显露出来。

水边站着一个人等待我们，当我们还离岸较远的时候，我觉得我仿佛看见一些奇形怪状的人物仓惶逃入斜坡上的丛林里，可是等我们走近些，我却看不见这些东西的一点点影子。等待着我们的人是中等身材，有着一张黑人特有的黑脸。他有一张几乎无唇的大嘴，特别细张的手臂，弯曲的腿和细长的脚。他站在那里，突出他那张呆笨的脸定睛望我们。他穿着蓝哔叽的衣裤，像孟高梅立和他的白发的同伴一样。

等到我们走得更近一些，这个人就开始在沙滩上来回地跑，同时做出种种怪诞的样子。孟高梅立一发命令，船里的四个人就带着奇特而笨拙的姿态跳了起来把横帆卸下。孟高梅立把船驶进在沙滩上掘好的狭窄小船坞。于是岸上的人就急忙向我们走来。我称为船坞的东西其实只是一条沟，它的长度在这时的潮水正能容下这只船。

我听见船头靠着沙子的声音，用长杓顶住在大船的舵，解开了缆索就走上岸去。那三个全身包扎着的人非常笨拙地爬出船来，跟着就开始卸货物，岸上的那人也帮助他们。船上那三个黑色人的腿部行动的异常给了我特别深刻的印象，这些腿并不是僵硬，却是弯曲得非常希奇，好像是它们接错了地方似的。白发人和那些猎狗上岸后，那些狗拖着铁练仍然跟着那三个人狂吠。

这三个壮大的家伙用一种特别的带喉音的声调交谈，在岸边等待我们的人看见他们移动船尾堆集着的包裹，就开始用一种我听不懂的语言激动地和他们谈论。我仿佛以前在什么地方听见过那样的声音，可是我记不起是在哪里了。白发人牵住六条跳动的狗站在一边，夹在他们的狂吠声中大声发命令。孟高梅立在把舵取出后，也上岸来，大家都帮着卸货物。我因为长久挨饿和光头晒太阳的缘故，人直发晕，所以不曾帮忙他们。

不久白发人似乎想起了我，就走到我的面前。“照你的神气看来，你好象不曾吃过早饭。”他说。

他的两只小眼在他的浓眉下闪闪发光。“对于这事我应当道歉。如今你是我们的客人，我们应该使你舒服——虽然我们并不曾请你，这是你知道的。”

他尖锐地望着我。“孟高梅立说你是个受过教育的人，卜伦狄克先生——说是你懂点科学。我可以问问你是什么吗?”

我告诉他我在皇家科学院读过几年书，并且在赫胥黎手下研究过生物学。他听见这话把眉头微微扬了一扬。

“那末情形就不同了，卜伦狄克先生，”他说话的时候态度里略带一些尊敬，“正好，我们这里都是生物学家。这是……一种生物研究所。”他的眼光停在那几个人身上，他们正拖着那只狮子。“至少我和孟高梅立是的，”他加上一句，随后又说：“你在什么时候才能离开这里，我不知道。我们这里和任何地方都没有联系。总要一年左右我们才看得见船一次。”

他突然离开我，走过那一群人，进到围墙里。另外的人正和孟高梅立把一些小包装上一辆低轮车。那只美洲骆马还是散在船上和兔笼等在一起，猎犬等仍然系在横板上。包裹堆完以后三人都推着车走。孟高梅立离开他们走回我前面，伸出手来。

“我很高兴，”他说，“那个船长是个大混蛋。他曾使你为难的。”

“这次你又把我救了。”我说。

“那却不一定。你会发现这个岛是个古怪透了的地方，我敢向你担保。倘使我是你，我一切都要特别当心。‘他’——”他说到这里就打住了，好像改变了主意，不愿把在嘴边的话说出来。”“帮我搬搬那些兔子吧。”他说。

他对于那些兔子的举动很奇特。等我替他搬一只笼子上岸以后，他马上就把笼打开赶出里面的生物。它们大约有二十只，向岸边各处跑。“朋友们，滋生繁殖，填满这岛吧，”孟高梅立说道，“以前我们这里太缺乏肉食了。”

当我注视它们跑开的时候，白发人带了一瓶白兰地和一些饼干转来。“稍为吃点吧，卜伦狄克。”他说话的声调比先前和蔼得多了。

我毫不推辞马上就吃起来，同时白发人帮着孟高梅立又放了二十多只兔子。另外三大笼却和狮子一起搬进围墙里去。我不曾喝一口白兰地，因为我是从来不喝酒的。

第七章

读者或许会明白：最初在我的周围的一切都是那样地希奇，并且我处的地位又是那种出乎意料的冒险的结果，因此我也就辨别不出在我的周围的事究竟哪样是最奇怪了。我跟着骆马走上沙滩，可是孟高梅立却赶上来叫我不要走进石墙去。那时我才注意到在笼内的狮子和大堆包裹都放在这方墙的入口处外面。

我转过身来看见那只卸了货的船开出去靠在滩边，白发人向着我们走来。他对孟高梅立说道：

“现在该解决这位不速之客的问题了。我们怎样处置他呢?”

“他对于科学知道一些。”孟高梅立说。

“我恨不得马上就开始工作——用这些新材料。”白发人说，同时望着方墙点点头。他的两眼显得更为有神。

“我猜想你也是。”孟高梅立回答说，声音一点也不亲切。

“我们不能叫他到那里去，我们也没有工夫来给他造一间新房子。可是在目前我们当然还不能把他当成我们的亲信。”

“我完全听凭你安排。”我说。我不懂他说的“那里”是指的什么。

“我也在想那同样的事情，”孟高梅立回答说，“我那间屋子的门是向外面开的。……”

“那正好，”老人望着孟高梅立立刻接嘴说，我们三人就向着方墙走去，“卜伦狄克先生，我很抱歉把你蒙在鼓里——可是你会记得你是一位不曾被请的客人。我们这里的事业有一两样秘密，实际上它是一种‘蓝须子的密室’。对于一个头脑清楚的人实在没有什么可怕的地方。不过在目前，我们还不十分认识你——”

“一点也不错，”我说道，“要是我因为你不信任我就觉得生气，那我简直是个傻子了。”

他扭动他的大嘴微微一笑，又对我点了点头算是报答我的殷勤。我们走过围墙的入口，它是笨重的木质大门，镶着铁边，上了锁，船上的货物都堆在外面。在转角处我们走近一个我先前不曾看见的小门，老人从他那件沾满油腻的蓝上衣袋里拿出了一串钥匙，开了这门走进去。他那一些钥匙和严密的封锁使我觉得希奇。

我跟随他走进了一间小屋，屋里的陈设虽然简单，却不是不舒适，里面一扇半开的门正对着一个铺上石头的天井。孟高梅立一进屋来马上就把这扇门关上。屋里黑暗的角落里挂着一张吊床，向着海的那一面有一扇有铁栏的小窗。

老人告诉我说，这就是我的卧室，为了“防意外”的缘故，他要把那道向里面的门锁上，我的活动范围在那一方面也就到那扇门为止。他又引我的注意力到窗前的一把躺椅和放在吊床旁边的一架旧书，这些书一大半是关于外科的医书和拉丁文希腊文的古籍（这两种文字我都不精通）。他从前面的门走出去，好像是避免再开向内的门。

“通常我们都在这里吃饭。”孟高梅立说，随后又好像有点怀疑似的立刻跟着走出去。我听见他叫“莫洛”，当时我却没有注意。等到我翻阅架上那些书的时候，它自然而然地来到我的意识里：我以前在什么地方听见过“莫洛”这个名字呢？

我在窗前坐下，尽量吃剩下的饼干。“莫洛？”

从窗口望出去，我看见那群穿白衣的人们之一正沿着沙滩拖引着一只箱笼。不久他就被窗格遮住。随后我听见身后钥匙插入锁孔的声音。隔了片刻猎狗的闹声从锁住了的后门传来。它们并不在狂吠，却是希奇古怪地在狺狺低嗥。我能够听见它们的急遽的脚声和孟高梅立抚慰它们的声调。

这两人对于这地方的内容那种严守秘密给了我极其深刻的印象，我把这问题想了一些时候，并且也想到为什么“莫洛”这名字会这样熟习。但是人的记忆力真是奇怪，当时我却不能记起这个熟知的名字的来源。从这件事上我的思想又转到沙滩上那位畸形人的说不出的奇特的地方。我从来不曾看见过像他拖着箱笼那种步子和动作。我想起来他们那几个人一个也不曾对我说过话，虽然他们都曾偷偷地望过我，他们的态度完全不像未开化的野蛮人。我不知道他们说的是哪一种语言。他们都显得特别地缄默，然而当他们居然说话的时候，他们却有着使人不愉快的声音。他们究竟有什么地方出了毛病？随后我又记起了孟高梅立的那位笨拙随从的眼睛。

我正想着他，他就走了进来。他这时穿了一套白色衣服，手里捧着一个盛了咖啡和煮过的蔬菜的盘子。虽然他很和善地弯下身来把盘子放在我面前的桌上，我几乎禁止不住我自然发出的战栗的退缩。

随后惊奇使我不能动弹。在他的黑发下我看见了他的耳朵！它突然扇动起来，就在我的面前。他的耳朵是尖的，上面长着细毛！

"您的早饭，先生。"他说。我瞪眼看着他，不回答他的话。他转身向门走去，回过头来奇怪地望我一眼。

我用眼光送他出去，同时不知不觉地却有一句话来到我头脑里："莫洛——差事"，是么？还是"莫洛——"啊，它使我的记忆回到十年以前。"莫洛惨事"。我看见这几个字用红色印在一本淡黄色的小册子上，一本读起来会使人颤抖的书。这一切我都清清楚楚地记起来了。那本老早被遗忘了的小册子又特别清晰地在我的脑海里出现。那时我不过是个少年，而莫洛却已经是五十岁左右；他是一位著名的生理学家，以他的特别丰富的想像力和辩论时毫不留情的直言无隐见称于科学界。难道这就是那位莫洛么？他发表过一些关于输血的非常惊人的事实，此外他又以对于病态的赘生物有珍贵的贡献著称。后来他的事业却突然中止，他也被迫离开英国。一个新闻记者怀着作惊人的曝露的决心在他的手下谋得一个实验助手的位置，因而得进入他的实验室。由于一件意外事件（倘若真是意外的话）的帮助，他那本可怖的小册子变成远近皆知。在那本书发行的那天，一只伤痕累累剥了皮的狗从莫洛的家里逃了出来。

一位著名的主笔（他是这位暂时充当实验助手的表兄），就把这事来诉诸全国人的良心。良心反对科学研究的方法这已不是第一次了。公众的责难使这位博士不能在国内容身。他被赶出国外也许是罪有应得，不过当我想到和他共同研究的那群人的不热心的拥护以及大多数科学家对他的遗弃，我仍然以为这是一件可羞耻的事。可是据那位新闻记者的叙述，他那些试验有的也未免过于残酷。倘使他放弃了他的研究，他也许会得到社会上宽容，可是他却和大多数受着研究的魔力的人们一样，他宁愿研究。他不曾结婚，除了他自身的利益以外，他用不着为别的事打算……

我觉得没有错，他准是这人。一切的一切都指示着是这样。这时我才明白同行李一起带进围墙内的兽类是会遭受着何等的命运。一种奇异的微弱的气味，直到这时为止一直停留在我的意识里的熟习的气味，突然占据了我的思想的最前部。这是解剖室里的防腐药味。我听见狮子的吼声从后传来，同时还听见一条狗的吠声，好像它受到某种打击。

然而实在说起来，特别是对于另外一个科学家，活体解剖并不是可怕得来需要严守这样的秘密。我的思想突然转向，孟高梅立的随从的尖耳和闪烁发光的眼很明显地呈现在我的眼前。我凝视着前面微风中起泡沫的碧色的海水，同时任凭那些思想和最近几天里的其他希奇的记忆在我的脑海里互相追逐。

究竟这是什么呢？孤岛上的一个封锁严密的围墙，一个声名狼藉的活物解剖家，一群残废畸形的人们？

第八章

大约在一点钟左右孟高梅立打断了我的纠缠不清的惊奇和疑惧，他那奇形怪状的随从端着一大盘食品跟在他的后面，盘里盛着面包、蔬菜和别的食物，一瓶威士忌，一瓶白水，三只玻璃杯，还有刀子。我斜着眼看这位怪人，我发现他也正用他那转动不停的古怪眼睛在观察我。孟高梅立说他要和我一同用午餐，不过莫洛却太忙不能来。

“莫洛！”我说，“我知道这个名子。”

“倒霉，你会知道？”他说，“我真傻，会向你提起它，我也应该想想。也好，这会使你稍为知道一点我们的——机密。喝点威士忌么？”

“谢谢你——我是自来不喝酒的。”

“我愿意我也能够。可是等到马偷走以后才关门是没有用处的。就是这倒霉的酒才把我引到这里来的。酒和一个雾夜。莫洛要我走的时候我还觉得我自己交了运。真希奇……”

“孟高梅立，”等到向外面的门关上后我突然叫道，“你的佣人为什么会有尖耳朵？”

“糟糕！”他咽着第一口食物说道。他望了我一会儿又重复着说："尖耳朵么?"

"上端尖尖的，"我尽力安静地说，可是声调里却不免稍带急促，"边上还长着棕色细毛。"

他极其迟缓地喝着威士忌和水。"我好像觉得……他的头发遮住了耳朵。"

"我是在他弯身把你送来的咖啡放在桌上的时候看见的。并且他的眼睛会在黑暗里发光。"

到了这时孟高梅立已经恢复了原来的镇静。"我自来就以为他的耳朵有点奇怪，"他熟思地说道，"从他把它们遮盖住的样子就看得出来。……它们是什么样子呢?"

从他的态度看来我就知道他是在那里装模做样。然而我却无法告诉他说我以为他是在说谎。"尖的，"我说，"又小又长着毛——绝对是长着毛。可是就拿整个人来说，我从来不曾看见过比这还要奇怪的人了。"

一个动物在痛苦中的尖锐刺耳的叫声从后面围墙里传来。它的低度和强度证明这是从狮子发出的。我看见孟高梅立退闪。

"不错!"他说。

"你在什么地方找着他的?"

"呃，——在旧金山……他是个丑怪的家伙，我承认。愚笨得很，你明白么?不记得他是从什么地方来的。可是我却和他相处惯了。他对我也惯了。他有什么地方使你觉得奇怪?"

"他不自然，"我说，"他有点不对劲。……不要以为我想入非非，可是他一靠近我，我就起一种不快的感觉，筋肉也就紧张起来。实在说来这带点……邪味。”

我说这话的时候，孟高梅立已经停止了进食。“希奇，”他说，“‘我’却看不出来。”

他重新吃起来。“我却不觉得，”他一面说一面咀嚼着，“双桅船上的水手们一定也有这同样的感觉……专门和这可怜的家伙为难……你看见船长的行为么?”

狮子突然又叫吼起来，这次声音里带着更大的痛苦。孟高梅立低声咒骂。我颇有向他打听沙滩上那群人的意思。那时可怜的猛兽一连发出许多短促而尖锐的叫声。

“在沙滩上那群人，”我说，“他们是哪一种人?”

“很好的人，不是么?”他心不在焉地答道，听见兽吼又把眉皱上。我也不再说。又有一声比以前更可怜的叫声。他用他那迟钝的灰色眼珠望望我，然后又喝了些威士忌。他想法引我讨论酒的问题，说是用它救了我的命。他好像着重我的命是他救的这一点。我随随便便地回答他。午饭不久就吃完，畸形的怪人把一切收拾干净，孟高梅立又把我一个人留在房里。在这一切时期里活剥的狮子发出的叫声给他的烦恼却遮掩不住。

我自己也觉得这叫声实在恼人。越到后来声音越强。最初它们只使我难过，可是它们连续的发生终于使我完全忍受不了。我把手中的书扔在一旁，握着拳头咬着嘴唇，不住在房里来回地走。不久我不得不用手指塞住耳朵。这些叫声给我的感情上的打击非常大，最后我实在不能再在房间里停留了。我走出去，经过大门（这时又锁上了）转过墙角去。

叫声在户外听起来似乎更大。这就好像全世界的痛苦都在这声音里发泄。假使我知道那样的痛苦是在邻近的房子里发生，假使没有叫声，那末我相信我是能忍受得住的。可是痛苦出了声使我们的神经颤抖起来，这就是怜悯前来搅乱我们的时候了。虽然到处都充满了阳光，碧绿的树叶在凉爽的海风中摆动，可是在我听不见石墙内的声音以前，世界对于我却是一团糟。

第九章

我在生遍了屋后高地上的丛莽里穿行，胡乱地走着，更走过一丛密集的直干树的树荫，于是发现自己是在高地的另一边，在向了下面的一条流过狭谷的小河走去了。我停下来谛听。我走过的那一段路，那一片丛莽，将可能发生于围墙里面的任何声响都遮断了。空气是寂静的。刷地一响，一只兔子出现了，从我面前的斜坡跑了下去。我踌躇了一下，就在树荫边上坐了下来。

这是一个可爱的地方。小河整个地给岸边繁生的草木所隐蔽，只除了在一个地方，我看见了一小块三角形的发着闪光的河水，更远的地方，透过一片蓝雾，我看到一堆树木，这上面，就又是天空里的明显的蓝色。流星的尾巴到处拖出白色与深红色的光闪。我对当前的景色注视了好一会，随后我的念头就又慢慢地回到了孟高梅立的随从的古里古怪的特点上去了。不过天气实在太热，思想简直不能集中，我不由得陷入一种眩迷的情况，成为半睡半醒的了。

我也不知道过了好久，对河的绿草丛中的息索的声音惊醒了我。开始时我什么都看不见，只除了那凤尾草梢头的摇摆着的影子。随后河岸上突然出现了什么——开始时我不能辨别这到底是什么东西。它躬身低头在河里喝水，后来我看出来这是一个人，可是四肢并用和一个野兽一样！

他穿着蓝布衣服，皮肤作黄铜色，黑头发。看起来那奇异的丑陋简直可以算做岛上居民的一种不可变更的特点了。我可以听见他饮水时嘴唇啜吸的声音。

我弯身向前想观察他得更清楚些，我的手碰动了一片石片滚下坡去发出了响声。他像犯罪似地向上望了望，我们的眼光正好相遇。他立刻直立起来，站着用他的粗厚的手掌擦着嘴，打量着我。他的腿还没有他的身子的一半高。这样，我们彼此对望了一分钟之久。他回头望了一两次以后，就爬到了我右边的丛莽里去，我听见拨动草丛的声响渐远渐轻，终于沉寂了。他不时向我瞪着看上一两眼。一直等到他已经不见了好一会，我仍旧坐在那里朝了他退去的方向望着。我的睡意完全消失了。

背后的响动又使我吃了一惊，猛一回头，我看见了一个兔子的白尾巴，沿坡而逝。我一下子就跳了起来。

这个奇怪的半兽性的动物的出现，使得这个下午在我看来越显得清寂异常了。我神经质地自我检查了一过，十分遗憾于自己的赤手空拳。这时我想，适才所看见的那个人倒底还是穿着蓝色的衣服的，并不像野蛮人那样的全身赤裸，我只是向这方面想，他究竟还算个好脾气的，不过因为他的外表的凶狠，把这些都蒙蔽了而已。

可是，我还是给这个怪物的出现弄得异常的不安。我沿了斜坡路向左走去，在树林中不时左右窥望。为什么一个人而四肢并用地爬动，喝水时要用嘴唇啜吸着呢？这时，我突然听到一只野兽又在叫了，猜想这一定是那个美洲狮，我转了个弯，向叫声来源反对的方向走去。这样我走下了河，又渡过去，走进那边的灌木丛中去了。

我看见了地上一大片鲜红吃了一惊，走向前去仔细看时，发觉这是一种特殊的菌类，蔓延生长得有如一片叶状地衣，所不同的是它在接近地面的部份就和粘土溶解合一了。随后我在一片繁茂的凤尾草丛中，又看到了一件不愉快的东西，是一只兔子的死骸，上面堆满了苍蝇，兔子还未全冷掉，它的头给弄掉了。这一大滩血使我惊惶失措。至少，这总是一个到岛上来的访客所应留心避免的事。

关于这一事件的别的遗迹一点都没有。看起来它好像是被突然捉住后就弄死了的。我望着这个小小的尸体，我弄不懂它是怎样被杀死的。自从我看到了河边的那个非人类的面影以后心中所产生的模糊的恐惧，在我站在那里的时候已经变得逐渐明确了。我开始感觉到我在这一群莫名其妙的人兽中间的未来的生活将是异常艰苦的。四周的草木在我的想像之中变了质。每个阴影看起来都不再仅仅是一个阴影，而是隐藏了什么的埋伏，每一个细微的响声都变成了恐吓。不可见的什么东西在瞧着我。

我决定走回海滩上的围墙中去。我突然转身，猛的一钻——简直可以说是发了狂的——钻进了树丛里，急于再寻找一块四周清净的所在。

我刚好还不曾走进一块开阔的地域之前就停了下来。这地方看来好像是经过了一个秋天以后在树林中空出来的一方地；新生的草木正在这片地上蔓延，而远处，密密的小树根株与错综的葛藤，散布着的菌类野花又逐渐生了进来。在我前面，有另外三个奇怪的野人，正一起蹲伏在一株倒了下来逐渐腐蚀着的大树树身上面，并未发现我的走了近来。

其中之一无疑的是一个女性。另外两个则是男的。他们全都赤裸着，仅在腰间围了一圈红布，他们的皮肤是暗暗的红棕色，我从未在任何野人之中看到过。他们的脸都是胖胖而无颧骨的，前额后陷，头上是稀疏的硬发。我从来不曾看见过这种兽相十足的人影。

他们在谈着话，或者至少是一个男的和其余两个在谈话，他们三个全都谈得如此入神，简直就不曾注意到我的脚步。他们左右摇摆着肩部头部，说话人的字眼重浊而散漫，我虽能清楚地听到却不能听出他们是在说什么。我看他是在背诵着什么复杂的谵语。突然他的有节奏的语音变得尖锐了，两手张开站了起来。

这时其余的两个开始颇有节奏地念诵着了，同时也都站了起来。张开了手，应和了歌声身体摇摆起来。这时我看出来他们的奇短的腿部与纤弱而拙笨的脚。他们三个开始兜圈子，跺着脚挥着手；他们的歌声中加入了韵律，重复着“阿累拉”“巴娄拉”之类的字眼。他们的眼睛开始露出了光彩，丑陋的脸上也照耀了一种奇异的欢喜之光。他们的缺唇的嘴中滴下了口水。

在我注视着他们的奇异不可形容的怪相时，我第一次清楚地注意到了那伤害了我的情感的东西，那使我既感到十分奇异而又怪诧熟的矛盾印象的东西。做着这种神秘表演的这三个人外表上看来很像人，便却是一种带了某种习见的兽类的奇怪气氛的人。除去有着人类的外形，穿了蓝缕的衣服，身体上粗具了人的姿态之外，一种毫无可疑的猪的暗示，猪的气味，无疑的兽类的特征，深深浸入它们的动作、面部表情与整体之中。

这个发现使我颇受打击，接着有一种很可怖的疑虑在我脑子里掠过。他们开始向空中跃起，一个接着一个跳起来，一面还喊叫着。有一个突然滑倒，马上就四肢着地，又恢复了原状。仅此一点偶然的表现，也就足以证实他们的本性了。

我小心翼翼地轻轻转身，偶然碰断一根枝条或是弄响了树叶子，就吓得呆呆地停下来，唯恐给他们发现，我仍旧退回树丛过了大半天才敢自由转动。

这时我只想能够离开这批东西就好，不想自己已经走进了林中的一条隐蔽的小道。穿过了树林里的一小片空地，我又不愉快地吃了一惊，看到三十码外树林中又有一只臃肿的腿悄悄地和我并排走着。它的头部与上身给一丛茂草所遮蔽。我立时站定，希望它没有看到我。我一站住这双脚也随即立定了。我激动已极，好不容易才控制住了自己，没有一直奔去。

我努力看，才从枝叶交错之中看清楚了这就是我看到它在啜水的那个野兽。它的脑袋动了一下。当它从树荫中向我张望的时候，它的双眼里闪烁着深绿色的光芒，一种半明不明的颜色，当它再度转动头部时，就随即消逝了的。它静止了一刻，随即轻轻地向绿丛中跑去。过了一会它就在一堆矮树后面消失了。我虽然看不见它，可是我可以猜出它是立定了在向我偷看的。

它倒底是个什么东西——人呢还是野兽？它要将我怎样？我没有武器，连根小棍都没有。这时想逃就是发疯了。随便怎样，这个家伙，不管它倒底是什么，还没有袭击我的勇气。我咬紧了牙向它走去。我焦虑着不使它看出我的使得背脊发冷的恐怖感觉。我穿过一丛高干白花的树木，看见二十码前面就是它，回过头来向我偷看，踟蹰不进。我又向前走了一两步，死盯住了它的眼睛。

“你是谁?”我问。它试图跟我对一下目光。

“不!”它突然说出来，转了身，离开我向灌木丛中跳去。它又转过身来向我望。在树荫下面，它的双眼闪闪地发着光。

我的心跳到了嘴边来，可是我觉得我只有面向危机迎去之一法，于是就沉重地向它走去。它又一转身就消失在阴影中去了。我又觉得我看见了它的眼光的一闪，但也仅只是这一闪而已。

我这是第一次明了了黄昏给我的影响。几分钟以前太阳下降，在这热带地方，东边天上的暮霭也早已褪逝了。一只最先出现的蛾子静静地在我头上飞过。除非情愿在这神秘的森林中度过不可知的危险的一夜，我是非得赶回去不可了。

我固然十分不愿回到那个倒霉的住处，可是如果给这旷野中的黑暗与黑暗中所孕育的事物所抓住就更加不好了。我再看了一眼隐藏了那个怪物的暗蓝的阴影，就重经原路摸索着走下河去。

我慌张地走着，在在都给我以困扰，我走到了一块疏落地生了树木的平地上面，晚霞消褪后的一霎清明也渐趋于黑暗。上面的蓝天的颜色愈来愈深，小星一个个射出了疏落的光芒；树木中间的空隙，远处的草木中的疏落处，在日里是一片蓝雾的，现在都变得暗黑而神秘了。

我继续前进。大地上的彩色看不见了，在明亮而发蓝的天空的背景中，树巅衬出了一排黑影，这方面的一切就都隐入无边的黑暗里了。现在树木变得疏疏落落的，而灌木丛则反而异常繁茂。有一片空地上铺满了白沙，前面又是一片短树林。

我的右手给什么东西轻轻地擦了一下。最初我疑心这是我自己的幻觉，因为我每次住脚，除却树顶上刮着的夜风之外剩下的只是一片寂静。我再向前走时，我的脚步传来了一种回声。

我从树丛中离去，在比较开阔的地面上走着，时时幻想真会有什么东西向我身上扑来，我就故意不时突然转身，使这假想的敌人受了惊吓。我什么都没有看见，可是不管这些，我愈觉得一定是有什么东西在那儿了。我迈开大步，不久就走到了一道小冈，过冈以后转了一个急弯，从远处回头细看。在朦胧的天空里它是显得明亮而清晰的。

这时天边突然升起了一片轮廓不清的暗影，只一掠就又消逝了。我想那个黄褐面孔的敌手一定又在向我跟踪了。还有糟糕的是我觉得已经迷路了。

这样我给它在暗地里跟踪着，绝望地困窘地急走了一会儿。不管那到底是什么东西，它不是缺乏袭击我的勇气，就是在等候着对我不利的机会再来算计我。我一直在拣了那空旷的地方行走。不时转身倾听，随即又半信半疑地觉得那个追踪着我的东西已经放弃了它的企图，或者仅是由我的杂乱的幻想中产生出来的也未可知。这时我听见了海涛的啸声。我加速脚步，似乎已经是在跑步了，我后面突然传来了什么东西跌倒的声音。

我突然回身，注视着我后面的迷离的树丛。我看见有一个黑影子好像一跳跳进了另外一团黑影里去，我仔细地听，除了自己的耳鸣声，什么都听不见。我觉得我的神经疲驰了，我的幻想戏弄着自己，我又下了决心转向传来海啸声音的地方走去。

过了一分钟左右，树木逐渐稀疏起来，我已经站在一个展向黑暗的海中的没有树木的海岬上了。夜是沉静而清明的，海面上的繁星的影子在跃动。远处，海水冲在错出的礁石上闪闪发光。在西面，可以看见和黄昏星的光线相混的黄道光。海岸向东倾斜，西面的海岸给海岬的边缘障蔽了。我记起来，莫洛海滩是座落在西边的。

在我后面有树枝折断的响声。我转过身来面向了暗黑的森林。我什么都看不见——也可以说我可以看到的太多了。朦胧中的每一个黑色的东西都含有不祥与引人注意的特性。我这样站了一分钟光景，一面看着树林，一面向西走过海岬去。当我移步时，一个隐伏着的影子也跟了我在动。

我的心跳得很急。此时已经可以看见西面的一抹宽阔的海湾，我又停了下来。那个无声的影子在距离我十二码的地方停止了。远处的海湾转折处有一点灯光，星光下面的一片沙滩是淡灰色的。那一点光或许是在两里外面的地方。我必须穿过那个隐伏了黑影的树林，再走下一个生满了灌木的斜坡，才可以走到海滩。

现在我可以对它看得更清楚一点了。它并不是野兽，因为它是直立着的。因此我就向它开口说话了，可是嗓子里有一口痰使我说不出来。我又尝试了一次，喊了一声“谁在那儿”，却并没有回答，我向前走了一步，这东西没有移动，只是蜷曲在一起。我的脚碰着了一块石头。

这就让我想出了一个主意。我一面弯身拾起了这块石头，同时两眼依然不动地注视着我前面的那个黑影子。可是当我移动的时候，这个东西突然转身，就像一只受惊的狗一般，逃到更远的黑暗里去了。这时我想起了小学生对付大狗的办法，将这块石头卷在自己的手巾里，绕在自己的手腕上。我听见在暗影远处有移动的声音，好像这个东西是在撤退了。突然间我的紧张的情绪松弛下来，满身冷汗颤抖不已，当我的敌人已经逃掉而自己手中有这么一件武器的时候。

过了好半天我才下了决心走过海岬侧面的森林到海滩上去。结果我一跑就跑过去了，当我从沙面树丛中跑出来的时候，我又听见有什么别的东西在我后面跟踪了。

这可把我吓胡涂了，就开始在沙地上跑了起来。紧跟着后面有着轻轻的踏在沙地上的脚步声。我惊叫一声加快了步子。当我经过时，有几只暗黑的有三四只兔子大小的东西从岸上跳进树丛里去了。在我的有生之日是永远会记得这次追蹑的恐怖的。我沿了水边跑，不时听见愈来愈近的踏水的步声。那黄色的灯光是在辽远的、毫无希望的远处。在我们四周的夜幕是一片死沉沉的暗黑与寂静。泼刺，泼刺，追踪的脚步声愈来愈近了。我感觉着将要窒息了，因为我简直完全不能控制：我想要提气的时候就咳嗽起来，我觉得我的腰边痛得好像刀刺一般。我料想不等我跑到住处，那东西就准会赶上我的。在气急败坏之中，等它追近了我的身边，就用了平生的力气一抡打在它的身上。我将那包了石块的手巾抡起来时，石块就从手巾中飞了出去。

这个东西本来是在地上四只脚跑着的，我一转身，它就直立了起来，石块刚好打到了它右面的太阳穴。它的脑壳给打得很响，这个野人一下子就扑在我的身上，两手一推把我推得倒退了几步，它自己则在我身边摇摆着冲到沙滩上，面孔浸在水里，动也不动了。

我自己提不起勇气去走近那一堆黑东西。任它留在那里，在寂寂的星空之下，海水在它身边漾动着，我自己则赶紧避开向那个露出黄色灯光的住处走去了。这时，那个美洲狮的可怜的呻吟声又传来了，这对我倒似乎有一种安慰的作用，其实这就是本来将我赶出去跑遍了这个奇异的海岛的同样的呻吟声。虽然疲倦万分，衰弱已极，我仍然集中了全部精力开始向灯光所在跑去，就好像是有一个声音在召唤着我一般。

第十章

当我走近住所的时候，我看见了从我的房间的敞着的门里面透出来的亮光；随后就又听见从那片橘林的暗影中传出了孟高梅立叫喊“卜伦狄克”的声音。

我继续跑着，这时就又听见了他的喊声。我回答了一声微弱的“哈啰!”，随后立刻就向他那边蹭了过去。

“你上哪儿去了?”他一把抓住了我，这样，从门内透出来的灯光就正照在我的脸上。“我们俩都忙得要命，差不多一直到半小时之前都没有想起过你。”

他引我走进房内，让我坐在椅子里。我给灯光照得眩晕了一会儿。“我们没有想到你没有通知我们就开始发掘我们这个岛的秘密了，”他说，又过了一会，“我直担心！可是……什么……呃!”

我仅余的一点精力也消失了，我的头垂到胸前。我想他在给了我一点白兰地以后才稍觉放心。“为了上帝的缘故，”我说，“关上那个门罢。”

“你一定碰上了我们这儿的什么怪东西了，呃?”他说。他把门锁上以后又走过来。他没有再问我，又给了我一点白兰地和水，强迫我喝下去。我陷入一种极度衰弱的情状。对于他的忘记了警告我的一点，他说了一些空话，又简单地盘问我，是什么时候离开这里的，曾经看到了些什么。我尽可能地简简单单断断续续地回答他的问题。我在一种几乎是歇斯底里的神情之下说，“告诉我这是怎么一回子事。”

“这并不是什么值得十分可怕的，”他说，“可是我想这一天里也够你受的了。”美洲狮突然痛苦地尖叫了一声，他听了就压低嗓音咒骂，“真糟，要不这地方还不像高尔街那样地要不得——加上那些猫。”

“孟高梅立，”我说，“那个追着我的倒低是个什么东西。是野兽呢，还是一个人?”

“今天晚上你要再不睡觉，”他说，“明天你会发狂的。”

我站在他面前问，“那个追着我的倒低是个什么东西?”

他狠狠地望了我一眼，歪歪嘴巴。一分钟前他的还满含着生气的眼睛现在暗淡下来了。“照你所说的看来，我想这该是一个怪物。”他说。

我感到一阵强烈刺激的急剧的振撼。我又倒在椅子里面，两手挟住了前额。美洲狮又开始呻吟了。

孟高梅立兜到我后面，两只手扶住我的肩头。“你瞧，卜伦狄克，”他说，“我没有请你在我们这个破岛上走来走去的必要。可是这也并不如你想像地那么坏，你这家伙。你的神经简直全部破碎了。让我给你点什么使你睡觉罢，那……总可以维持几个钟头的。你只有睡觉，不然那我可不能负责了。”

我没有回答。我弯了腰两只手盖着脸。一会以后他拿了一小杯深颜色的药水走回来，递给了我。我毫不拒绝地接过喝下，他扶着我上了吊床。

我醒来的时候已经是大白天了。我躺了一会，两眼看着房顶，我看出来那房椽是用船上的木料做成的。一回头，我就看见在桌上给我预备好了饭菜，我觉得饿了，准备从吊床里挣扎着爬出来，吊床好像也很明白我的意思，只一折，就把我整个地送到了地板上。

我爬起来坐在食物前面。脑袋里充满了沉重的思虑，起初只是胡里胡涂地想着昨夜发生的那些事。没有装玻璃的窗子里吹进了爽适的晨风，这与食物都给我一种生机的愉悦。这时我身后的那扇门，那扇开向庭院的门，开了开来。我一转身就看见了孟高梅立的脸。“好罢?”他说，“我可忙坏了。”他关上了门，我发现他忘了再把门锁上。

这时我又记起昨天晚上他的脸上的表情，凭藉了这个我又重新建立起我的一切经历的记忆。当恐怖又回来了的时候，里面又传来了一声呼喊，不过这一次却不是那个美洲狮了。

我谛听着，已经送进嘴中的一口食物也重新放了下来。除了晨风的轻扬之外，是一片寂静。我想是我的耳朵欺骗了我。

停了好一会，我又开始吃东西了。我的耳朵依旧警醒地听着。这时，我听见了别的轻微低弱的声音。我像冻住了似的坐着。这声音虽然微弱，可是听来比那所有的从墙后发出的讨厌的声响还要惊心动魄。这一次的断断续续的微声是实实在在的，声音的来源也异常清楚，因为这是由于痛楚抽搐而发出的断续的呻吟。这决不再是兽类而是一个受着折磨的人!

我既已判断清楚，随即站起，三步踏过了屋子，抓住通往庭院的门上的把手，将它推了开来。

“卜伦狄克，人！停住!”孟高梅立上来喊着干涉。一只受惊的灵缇狺狺地叫着。这是血，我看见的，在沟里，褐色的，也有鲜红色的，此外我还闻见石炭酸的怪味。这时我看见远处阴沉的过道里，有一个被痛苦地缚在架上的东西，皮肤破碎鲜红，绑着绷带。接着老莫洛的苍白而恐怖的脸出现，掩去了适才的那一幕。

一会以后，他用一只沾满了鲜红血污的手抓住了我的肩部，把我一拧拧了一个踉跄，扠我回房里来。他把我像小孩一样地举了起来。我整个儿摔在地上。门砰的一声关上了，遮去了他的满面怒气的脸。随后我听见了钥匙在锁孔里转动和孟高梅立的劝说的声音。

“一生的事业都毁了!”我听见莫洛在说。

“他不会明白的。”孟高梅立说，还有些话听不清楚。

“我现在还不能浪费时间。”莫洛说。

下面的话听不出来。我挣起来，站着发抖。脑子里激荡着最可怕的不安，生人的活体解剖是可能的吗？这个疑问好像划过迷离的天空的闪电一般袭了来。突然，我心里的重重的恐怖逐渐凝聚，变成了一种明白而现实的大难临头之感了。

第十一章

屋子的外门还开着，我的脑子里出现了一种没有理由的逃走的念头。现在我相信，而且十分肯定，莫洛是在解剖着一个活人。自从我听见了他的名字以后，就一直在意念中试图将他的憎嫌与岛民的奇异的兽性连在一起。现在，我想一切我都看见了。我又想起了他曾经给人输过血，原来那些生物都是这种残忍实验的牺牲。

这帮可恶的恶棍只不过是希望我回来，运用他们的亲热的态度来欺骗我，随后突然我堕入一种比死尤为可怕的命运里去，加以折磨，这以后将是可能想像出来的最可怕的恶运——送我出去，弄成一个飘荡的游魂，一个野兽，与他们其余的“科马斯群”在一起①。我在四周找一样武器，什么都没有找到。灵感一动，我把椅子倒过来，一脚踏住一边，将边上的横条拉下来。正巧有一根铁钉随了横条拉了出来，并且，是突出着的，这有点危险，可是从另一方面看也是不

① “Comus Rout”罗马神话，科马斯为司宴乐之神。米尔顿于所著《科马斯》中，谓期以醍醐妖术诱陷清白无罪之人云云。

错的武器。我听见外面有脚步响，开门一看，孟高梅立就站在离门一码的地方。他是要去关外面的门的。

我举起了带钉的木棒向他脸上打去。他一跳跳了回去。我稍做踌躇，就转身绕着房内的四个角落逃走，“卜伦狄克，人!”我听见他吃惊地喊，“不要发痴，人!”

过了一会，我想，他准得把我关进去的。像一个待剖的兔子一般准备着恶运的降临。他从墙角后面转了出来，我听见他在喊“卜伦狄克!”，随后他就追起我来，一面跑一面喊着。

这一次，漫无目标的，我向东北跑去，方向与我上次探险的路径成为直角。我沿了海滩一直向上跑，偶然回头看看，他和他的仆人一起追了过来。我拼命向坡上跑，过坡后，东折沿了峡谷跑去，峡谷的两边都是丛林。我大约一共跑了一里路，胸部紧张，心跳在耳边响着，我听到孟高梅立和他的仆人似乎已经不再跟踪，也真感到精力要全部丧失了。我回头加快折向沙滩，走进竹林里躺了下来。

我在那里停了好一会，不敢再走，连蠕动一下都不敢。在太阳光下面的野景像是睡熟一般的寂静。四周仅有的声音不过是发现我的来临的昆虫的微鸣而已。兀的我又警觉到一种钝滞的呼吸声——海潮扑打沙滩的啸声。

大约一小时以后，我听见孟高梅立在北面远远的地方喊着我的名字。这又使我想起了我的行动计划。正如我已经说过的，这个岛上只住了这么两个活体解剖者和他们的一群兽化的牺牲品。无疑的，在必要的时候，他们两个可以迫使一部分兽类来对付我。我知道莫洛和孟高梅立两个人都佩带了左轮，而我则除了那一小片带着小钉的木头之外，是赤手空拳的。

因此我就一直躺在那里不动，一直等到我又开始想吃想喝的时候。这时，我感到了我的地位的真实的绝望。我简直不知道怎样可以获得食物。我对植物学的渺无所知更使我不能在附近找寻植物的根株果饵来充饥；我也无法猎取岛上的少许兔子。瞻念前途，愈觉茫然。最后，因为对目前处境的悲观绝望，乃使我又想起了我所遇到过的那些野人。我尝试搜寻关于它们的种种记忆，也许在这当中可能发现希望。我一个个地回忆我所遇到过的每一个野人，在记忆中搜寻可能的有用的预感。

这时我忽然听见猎犬的叫声，这又对我透露了一种新的危机。我已经来不及考虑，怕他们就在这时捉住了我，我抓起了小钉棍，向海啸声那里跑去。我记得有一片生了小刀一样的尖刺的荆棘，我穿进去时给刺出了血，衣服也给拉破了。我到了一条向北流的长长的小河的发源地方，毫不迟疑地一直走进水中，淌着水往上走，我知道自己是在一条水深没膝的小河之中了。我最后在西侧爬上了岸，我的心跳得非常厉害，耳边大声响着。我又爬进了一丛凤尾草窠，在这里等候可能发生的麻烦。我听见这条狗——仅有一条——跑得更近了，它一踏进荆棘窠就叫起来。这以后我就再也不曾听见什么，我开始想，这回我算是逃了出来了。

时间一秒一秒的过去，沉静铺展开来，最后，经过一小时的安静，我的勇气又恢复了。

现在我不再害怕也不太悲观，因为事实上我已经经历过恐怖与绝望的极限。我感到实际上我的生命已经丧失，而有了这种信心以后，也几乎使我对于任何事物都不复惧怕了。我简直有一种与莫洛面对面会晤的愿望。当我踏进水中跋涉时，我想起万一我被逼太甚，至少我还有一条逃避受罪的路可走——他们还不能有效地防止我的自沉。我当时颇想自沉，不过一点点奇怪的念头，想彻头彻尾地经历一下这探险生涯，还有我自身中的一种奇怪的无意识的好兴致抑制了我自己。我伸展了一下我的为荆棘刺伤而发痛的手脚，向四周的树丛中望去；突然，好像是在四周的绿丛中跳了出来似的，我发现了一个黑黑的脸正在那里向我瞧着。

我看出来这就是那个在海滩上迎接我们汽船的那个像猴子一般的东西，他正攀在一株斜出的棕榈树枝上。我握紧了木棒，站起来向着他。他开始吞吞吐吐地讲话，起初我只听出了“你，你，你”几个字。它突然从树枝上坠下来，随手分开了草丛，好奇地朝我望着。

我对他并不像我对其余的野人那样的厌恶。“你，”他说，“在小艇里。”他是个人，——至少，是与孟高梅立的仆人一般的那么个人——因为他会说话。

“是的，”我说，“我走进了小艇。我是大船载来的。”

“啾!”他说，他的明亮而活动的眼睛向我全身上下打量了一遍，又回来看我的手和我手里所拿的棒，我的脚，我衣服上破碎的地方，我身上被荆棘割破的伤口。他像是给什么东西所迷惑了，他的眼睛又回过来看着我的手。他伸出了自己的手掌，慢慢数着指头，“一、二、三、四、五——呃?”

我当时并不明白他的意思。以后才发现，在这些野人之中大部分都有着畸形的手掌，有的每只手会缺少三个指头。我想这大概是一种问候的方式，我也照样做着算是回答。他极满意地露齿一笑。接着他的急遽转动着的目光又来回巡视了。他很快地转动了一下，就不见了。当他离去以后，那羊齿草丛也就掩合了起来。

我也跟他走出了丛林。我不禁吃了一惊，看见他的一只细长的手正攀在从上面的树叶中垂下来的一根藤索上，快活地荡着。他的背部正向着我。

“哈啰！”我说。

他轻轻地一跳跳了下来，正站在我面前。“我说，”我开口了，“什么地方可以找到点东西吃呢？”

“吃！”他说，“现在要吃人类的食物，”他的眼睛又回到了摇摆着的藤索子，“在那小草房里。”

“小草房在哪儿？”

“啾！”

“我是陌生的，你知道的。”

听了以后他转动了一下，随即快步走去，他所有的动作都很奇特的快。“来呀，”他说。我跟他一起走想去一探究竟。我猜想所谓草房不过是些粗陋的住处，由他和另外一些野人居住的。我也许可能和他们和善地相处，也许能从他们的心中获得一些足资了解的依据。我现在还不清楚他们离开人类的传统有多远。

我的猴子一般的伙伴在我旁边走着，两手下垂，下颌前突。我真不知道他脑子里转着什么念头。“你在这个岛上住了多久了?”我问。

“多久?”他问。重复了一下这个问题以后，他伸出了三个指头。这个东西比白痴略胜一筹。我想弄清楚他是什么意思，而这却引起了他的厌恶。又经过了一两次问答以后，他突然离开了我，一跳就攫住了树上垂下来的一些果子。他拉下了一把带刺的果壳，剥开来吃着。我满足地看着，因为，这对我到底是一个果腹的暗示。我又试着问了他一些别的问题，他的快速而琐碎的回答是时常文不对题的。有的很对，有的就好像是胡扯。

我对眼前的这些怪事十分注意，竟未留心我们所行经的路径。这时我们走到了一丛烧焦了发着褐色的树林，一块空地的黄白瘢痕的表层上有轻烟飘过，一阵阵的烟刺激着鼻子和眼睛。望过右面的一片光滑的石头可以看见蓝色的海平面。路径曲折下降急转进入峡谷，峡谷则由两块崚嶒的黑色熔岩夹成，我们也就走了进去。

从硫磺地层上反射出来的淡下去的阳光后面看，这条路径是显得格外阴暗的。峡谷的山壁愈益峭削，彼此靠得更近。绿的和深红的斑点在眼前划过。我的领路人突然站住了。“家。”他说。我这时站在一个洞口边上，这初看是全部黑暗的。我听见了一些奇怪的声响，用我左手的手指节揉着眼睛。我闻见了一股难闻的气味，就像从一个龌龊的猴子笼里发出来的一般。远处，岩石裂处有一道下斜的青光，从两侧下射，经由一条狭窄的通道，直射入中部的朦胧之中。

第十二章

一件冰冷的东西碰了我的手一下。我给吓了一跳，我看见我身边有一个暗红颜色的东西，看起来在这个世界上只有被剥了皮的小孩子与它最像。它的柔弱和对人的冷漠就像南美洲的那种动物——树懒——一般，有着相似的低前额和迟缓的动作。当第一次光闪变化掠过时，我看四周看得更清楚了。这个小树懒站着注视着我。我的向导隐去了。

这个地方是夹在高高的熔岩峭壁中间的一条狭窄的通道，在转折的途中有个裂缝，两旁生满了一堆堆的海草，棕榈叶和芦苇斜生在石块上面，这就造成了一个崎岖而黝黑的地窖。上通峡谷的曲径难得有三码宽，又给一堆堆腐烂的蔬果和别的垃圾弄得不成样子，给这地方添上了另外一种难闻的气味。

当我的猿人再度从近处的洞口出现招呼我走进去时，这个淡红色的小树懒还在向我眨眼。又有一个脚步蹒跚的怪物从这条奇特的过道的另一头蹭了过来，陪衬了远处的一片亮绿色，他的身子成为一片轮廓不明的黑影，向我注视着。我在迟疑——一半在想从来路中跳出去——过了一会就又决定了硬挺下去一观究竟，紧紧地握着我的带钉小棍的中部，跟了我的向导爬进一边的那个充满了怪味的小屋里去。

这地方是半圆形的，正像半个蜂房。里面的作为围墙的石壁有着一堆堆带颜色的果子、椰子壳和一些别的东西。地上放着一些石质木质的器皿，其中之一是放在粗制的凳子上面的。这里没有火，当我走进去时，小屋的最黑暗的角落里坐着的一个一团黑的家伙的嗓子里咕噜了一声“嘿!”。我爬到另一个角落里坐了下来，我的那个猿人在门口的微光中站着，递给我一把椰子。我接下来开始咬开来吃，在这洞窟的几乎不能忍受的闭塞与我自己的不可制止的颤栗之中故作镇静。那个淡红色的小树懒在洞口站着，还有个面孔黄灰眼睛明亮的什么东西从它的肩上向里望着。

“嘿!”在对面的那一堆神秘里发出了声音来。“是一个人！是一个人!”我的向导也嗫嚅了说——“一个人，一个人，一个活人，像我一样。”

“闭嘴!”黑暗里的声音说，咕噜着。在一种压人的沉默之中我咬着我的椰子壳。我努力向黑暗中探视，可是什么都看不见。“是一个人!”那声音又重复了一次。“是跟我们住在一起的吗?”这是一种包含了什么的重浊的声音，一种使我特别觉得奇怪的呼啸的和音，但是他的英国式的重音却出奇的好。

那个猿人瞧着我好像有所期待似的。我感觉这一段沉寂里是包含着盘问的意味的。

“他是来跟你们住在一起的。”我说。

“这是一个人。他必须懂得法律。”

现在我开始分辨得出黑暗之中更深的一层黑色，一个臃肿的影子的模糊的轮廓，我又发现在入口处又添了两只头的黑影子。我的手握紧了木棍。那个黑暗中的东西又用了比较高的声音复述了，“照这样读。”我没有注意他最后的话。“走路时不许手脚齐用，这是法律。”——是用了一种歌声复诵着的。

我给迷惑住了。“照这样读。”猿人说。门口的那几个也被迫照样用了他们自己的声音复读着。我知道我非得复诵这种愚蠢的咒语不可，也就开始了这种笨拙仪式了。黑暗里的声音开始一句句地歌唱一种颠狂的祈祷文，我也跟了其余的人一起复读。他们一面复读，一面左右摇晃着身子，两手拍膝，我也跟了他们作。我干脆当作自己早已死去，是在另一个世界里了。这个黑暗的小屋，这些可笑的朦胧的影子，照着一点点闪光在这里那里晃动，他们大家一致，摇身而唱：

走路时不许手脚齐用；这是法律。我们不是人类吗？

不许啜吸饮料；这是法律。我们不是人类吗？

不许吃肉吃鱼；这是法律。我们不是人类吗？

不许揭树皮；这是法律。我们不是人类吗？

不许追击别的人类；这是法律。我们不是人类吗？

就是这样，从禁止上面所说的这一些愚蠢的行为算起，一直到禁止在我当时看来极度疯狂的一些举动为止，戒条中包含了一个人所能想像出来的绝对不可能与最无礼貌的事例。一种洋溢着音律的热情降落在每个人的身上；我们喃喃得摇摆地愈来愈快，复述着这可惊的法律。表面上是野人的影响到了我的身上，可是在我的内心深处，却又有可笑与厌恶两种感情在交互扭缠。我们在叙说了一大串避忌以后，歌诵就又改为另外一种形式了。

那是痛苦的源泉。

那是创造的手。

那是伤害的手。

那是赦免的手。

如此这般又是一大串，其中一大部分在我看来都是莫明其妙的。至于所指的那个他，又是谁呢。我简直觉得这是一场梦，可是以前我却从未在梦中听到过歌唱。

“那是电闪，”我们唱着，“那是深深的盐海。”

一种可怕的幻想走进了我的头脑，莫洛在使这些人变得兽化以后，又在他们的发育不全的头脑里传布了一些东西，用来神化他自己。总之，我对四围的白牙齿和强壮的手爪，有着深切的印象因而不能继续歌诵了。“他是天上的星。”

最后歌声停止了。我看见猿人的脸上发着汗光，我的眼睛现在对黑暗也渐渐习惯了，在墙角里发声的那个黑影子也看得更清楚了。它正有一个人的大小，但是它好像是罩了一层灰头发，好像一头司开猎犬一般。它是什么？它们又是什么？只要设想你是被包围在这么一大批极可怕的残废狂人之间，就可以想象，可以了解周围有这样一批奇怪的漫画化的生物的我的感觉了。

“他是一个五指人，一个五指人……同我一样。”猿人说。

我伸出了双手。角落里的那个灰人向前靠来。“走路时不许手脚齐用，这是法律。我们不是人类吗？”他说。他伸出了一只歪扭的非常奇怪的手爪，抓住了我的手指。这就像是一个发展成为手爪的鹿蹄一般。我真要因惊恐疼痛而叫喊了。他将他的脸向前靠来注视着我的指甲，一直向前伸展到门口射入的日光之中，我带着一种嫌恶的震颤看着，这是一个既不像人也不像野兽的脸，仅只是一堆灰头发，上部三个拱形的影子，显示着双眼和嘴部而已。

“他的指甲是小巧的。”从这个可怕的东西的乱糟糟的胡子里面发出声音来。“这很好，很多有大指甲的都很麻烦。”

他放松了我的双手，我本能地又抓住了我的棒子。“吃草本球根类的植物的。——这是他的愿望。”猿人说。

“我是法律的宣布人，”那个灰东西说，“凡是新到这里来的新人都得学习法律，我是坐在黑暗里宣布法律条文的。”

“正是这样。”一个站在门口的野人说。

“谁破坏了法律，灾害就会降下来惩罚他。没有人能逃掉的。”

“没有人能逃掉的。”野人们彼此偷偷对望着说。

“没有人，没有人，”猿人说，“没有人能逃掉的。看！有一次我干了一件小事，一个小错误。我自己唠叨着唠叨着，后来住了嘴，没有人了解。我给烧伤了，手给烧坏了。他是伟大的，他是好的！”

“没有人能逃掉的。”角落里的那个大家伙说。

“没有人能逃掉的。”野人们说着，彼此偷眼相窥。

“要有坏企图的人听着，”那个灰灰的法律宣布人说，“你所企图做的事，我们虽然不知道，可是终有一天我们会知道。有的想跟踪走动的生物，注视着跟踪，等着扑上去，咬死了还要啮，大口地咬，深深地咬，吸着血……这是很坏的。‘不许追击别的人类；这是法律。我们不是人类吗？不许吃肉吃鱼；这是法律。我们不是人类吗？”

“没有人能逃掉的。”在门口站着的带斑点的野人说。

“有坏企图的人听着，”那个灰灰的法律宣布人说，“有的企图用牙用手将一样东西一直撕裂到根，还伏在泥土里嗅……这是很坏的。”

“没有人能逃掉的。”站在门口的人们说。

“有的去揭树皮；有的去掘坟；有的用前额手爪厮打；有的猛可地咬，简直全都是没有理由的；有的还喜欢龌龊。”

“没有人能逃掉的。”猿人说，一面抓着他的小腿。

“没有人能逃掉的。”那个淡红的小树懒说。

“报应是分明而准确的。所以要学习法律。念诵这些条文。”他随后就又开始朗诵这种奇怪的法律了。我和其余的生物也就开始歌唱摇摆。我的头为了这种声音和闭塞的臭气而摇晃。可是我还支持着，坚信着就能有发现什么新发展的机会。“不许四肢一起爬，这是法律，我们不是人类吗?”

我们吵得很响。连门外的骚动都没有听到，一直等到有一个家伙，我想是我所看到的两个人豕中之一，越过那个淡红的小树懒探进头来激动地叫嚷了些什么，我没有能听清楚。门口站着的那些人立刻不见了，我的那个猿人也跟了出去。坐在暗处的那人也跟了出去。——我只看到它是大而笨拙，遍生了银白色的毛发的。——现在只剩下我一个人被留在这里。

我还不曾走到洞口之前，就听见了猎犬的叫声。

一会以后，我是站在小屋外面了。手里还拿着木棒，我身上每一块肌肉都在战栗。我前面的是二十个左右这种野人的臃肿的背影，他们的丑恶的头半隐在肩胛下面。他们在激动地作着种种姿势。另外的一些兽类动物的脸上闪着疑问的表情。我向他们所看的方向望去，在窟道尽头，树下的那一片朦胧之中。我看见莫洛的暗暗的身躯和他的可怕的白脸移动着走过来。他将那跳跃着的猎犬往后拉，紧跟在他后面的是孟高梅立，手里面握着左轮。

这一下我给吓呆了。

我转过身来，看见我后面的路给另一个大灰脸闪动小眼睛的凶恶的家伙堵住了，他正向我走来。我向下一望，再向右看，在我前边六码处，石墙上有一个裂缝，缝里有一线阳光射到暗影里。当我向那个裂缝走去时，莫洛在喊了："停住!"接着又喊："捉住他!"这以后，先是一个家伙转过脸来向我一望，紧跟着其余的也都转过脸来了。他们的兽性的反应幸而是迟缓的。我用肩膀挤了一下一个臃肿的怪物，它正在转身听取莫洛的命令，被我一挤就向前碰在另外一个的身上了。我感觉到它的手在空中划了一转向我挥来，结果却落了空。淡红色的小树懒也向我奔来，给我让了过去。我的小棒上的钉子把它的丑脸划了一下，接着我就爬上了旁边的一条矗立着的边道，很像从山谷中斜伸出来的一根烟突。我听见后面发出了喊声，"捉住他!""拿住他!"那个灰脸的东西在我后面出现，它的笨大的身体挤进了裂口。"来呀！来呀!"它们喊着。我攀上了山石上的那条狭狭的裂缝，在野人村西头的硫磺地上走了出来。

我跑过了那片白地，穿过一片疏林，跑下一个陡坡，一直走到生满了一片长长的芦苇的所在。穿过这里我就钻进了一片浓暗的草窠，脚底下既黑且湿。那个缺口对我有莫大的好处，因为那条上伸的窄路一定会阻住了紧紧赶着的人们。我已经钻进了芦苇窠以后，最先的追赶的人才从缺口里探出头来。我在草堆里穿行了一会。我的后面与四周的空气中一时充满了威胁的喊声。我听见了在坡上追赶者的吵声，接着又听见用手拨开草丛的声音，还不时传来折断枝条的脆响，有些像激动的掠食野兽一般的吼着，猎犬叫着向左面跑去。我听到莫洛与孟高梅立也向同一方向呼喊着跑过去，我急急转身转到了右面。就在这时我还觉得听见了孟高梅立在向拼命逃生的我叫喊着咧。

这时地面开展了，脚底下是一片软泥；但是我不顾死活，一直走了过去。在没膝的泥沼中挣扎着。这样我走入了高高的藤丛中的迂回的小路。追逐者的声音从我左面掠过。在一起有三个奇特的红色的跳跃着的小动物，像猫一般大小，在我前面跳。这是一条上山的路，穿过另外一块白地皮，又降到一个藤丛中去。

路突然转折，前面忽然有个像英国花园的暗墙一般矗立着的峭壁出现，路顺了峭壁的边缘平行伸展出去——转折处的险峭是出人意料的。我还是竭力地狂奔，不留心一下子掼了下去。

我的小臂和头部在荆棘中穿过，爬起来时耳朵扯破脸上布满了血痕。我跌进了一个险峻的山谷，一片乱石和荆棘，迷雾弥漫在我身边掠过，一条狭狭的小河流过中间，迷雾就从河面上散了出来。我十分惊异于阳光之下会有这样的轻雾出现。可是我现在实在没有徘徊却顾的余裕了。我向右转走下了河去，希望朝这个方向可以走到海边，这样就可以自由地投海自尽。这以后我发现我的带钉的小棒是在跌下来的时候失落了。

溪谷有一段异常狭窄，我随便地踏进溪中。溪水竟是像沸水一般的汤，我立即跳了出来。我又注意到，在水涡里有小小的硫磺屑浮出来。溪谷又转了一个湾，可以隐约的看见蓝天了。逐渐靠近的海面上反映出一片细碎的阳光，我看到我的生命的结末就在目前了。

我是又热又喘息着。已经远离了追赶的人，这给我的喜悦可不轻。我不再想马上走进海中淹死自己。我的血是太热了。

我回头向来路上望去。我听着。除了蚊蚋的营营声和荆棘里跳着的小虫的鸣声以外，空气是绝对静寂的。

这时又传来一声犬吠，轻极了，远有一阵细碎的语音，鞭子响声，这些声音越来越响又逐渐隐去，一会以后，这阵搜索又过去了。

但是我现在明白了在野人中间存在着多少对我帮忙的期望了。

第十三章

我又转了一个弯一直向大海走去。那条炎热的小河流进一片生满了草的沙滩，随了我的脚步，沙里有许多蟹和别的长而多足的生物惊跳出来。我一直走到盐水的边缘才感到了的安全。我扭转身来——手臂抱拢着——回望后面的一片浓绿，浮着蒸汽的溪谷有如划上去的一缕烟痕。可是像我所说的，我是太过于激动了，并且——说一句实话，虽然从来不曾体验过危险的人会怀疑的——我是绝望得连自杀都提不起劲来了。

随后我又想我还有最后的一个机会。当莫洛、孟高梅立和他们那一伙野人在岛上搜寻我的时候，我是不是可能不经由海滨而一直到达他们的围墙内部——向他们来一个奇袭，事实上，我可以从他们的潦草筑成的墙上弄下一块石头，用来打开小门上的锁而冲将进去，看看可以找到什么——刀子，手枪，什么不成呢——等他们回来就拿了和他们争斗。无论如何，这总是我索取生命代价的一个机会。

因此我又转向西去，沿水而行。眩目的夕阳照得我眼睛发烫。太平洋上的微潮卷了近来，带着轻轻的波纹。

这时海岸向南拖下去，夕阳就照在我的右手上了。突然我看见远处有一个人影，随后又是一大批，都从树丛中走了出来——莫洛和他的灰色的猎犬，跟着是孟高梅立，还有其余的两个。一见这个我就停了下来。他们看见了我，一面打手势一面走过来。我站着注意着他们的前进。两个野人向前跑着截断了我与满生野草的地域之间的路。孟高梅立也开始跑起来，可是他是一直向我这里跑过来的。莫洛和他的狗较慢一些跟在后面。

最后我也不再呆呆的站着了，转身向海一直走了进去。水起初是很浅的。在潮水不曾浸到腰身之前我已经走下去三十码了。隐约的可以看见潮水里的生物从我的脚边掠过。

“你想干什么?”孟高梅立喊着。

我转过身来，潮水直浸到腰，向他们看。

孟高梅立站在潮水的边缘的地方在喘息着。他的脸上发着红亮的颜色露着焦急，他的长长的麻似的头发在头上飘着，下唇垂下露出参差的牙齿来。莫洛也正走近来，他的脸灰白而坚定，他手里牵着的狗向我叫着。每个人都拿着粗鞭子。野人们立在岸上远远地看着。

“我干什么?——我就要把自己淹死的。”我说。

孟高梅立与莫洛彼此看了一下。“为什么?”莫洛问。

“因为这总比让你们折磨强得多。”

“我告诉你。”孟高梅立说。莫洛压低了声音说了几句什么话。

“什么使你想起我们要折磨你的?”莫洛问。

“我所看见的一切，”我说，“还有那些家伙——在那边的。”

“嘘！”莫洛说，举起了他的手。

“我决不干，”我说，“他们是人，现在他们是什么？至少我不能跟他们一样。”我向听着我的人们看了一眼。岸上站着莫洛的佣人曼林，还有一个船上的绑了白绷带的家伙。更远处的树荫下面，我看见了我的小猿人，在他后面还有一些隐约的影子。

“这些都是什么人呢？”我指着他们说。把声音提得高高的使他们都能听见。“他们过去是人，跟你们自己一样的人类。是给你们弄得变成畜类一般的了，你们奴役了他们，可是你们还怕着他们。——你们听着。”我指着莫洛喊，使声音传过去让那些野人也可以听得见。“你们听着！你们看不出来这两个家伙还怕着你们吗，他们对你们总是惴惴的吗？可是为什么还要怕他们，你们的人多呀——”

“老天爷，”孟高梅立喊，“别嚷了，卜伦狄克！”

“卜伦狄克！”莫洛喊着。

他们两个一齐嚷嚷，好像是要把我的声音给压下去。在他们后面的注视着的野人们的脸低了下去，惊疑着，他们的畸形的手下垂着，肩部耸着。照我当时的猜想，他们好像是在试图了解我的话，想记起他们过去的人类的生活。

我继续喊着，我记不起我曾经说了些什么。弄死莫洛与孟高梅立并不是不可能的，他们并没有什么可怕；这就是我的破坏工作，给这些野人的头脑里灌进去的东西。我看见了我初来的一夜所遇见的那个绿眼睛暗色衣服褴褛的人从树林里走了出来。其余的人都跟了他，这样听我说话可以更清楚些。

最后我停下来喘息。

“先听我说几句话，”莫洛用沉重的调子说，“然后再说你要说的话。”

“好罢?”我说。

他咳了一声，想了一想，接着就喊：“拉丁文，卜伦狄克！蹩脚拉丁文！仔细听听了解我的意思吧。Hi non sunt hominess，sunt animalia qui nos habemus……解剖[①]。一种人道的手术。让我解释给你听。到岸上来吧。”

我笑了，说：“好美丽的一个故事。他们谈话，造房子，烧饭。他们过去是人。我很可能就要走上岸来了。”

“就在你站着的地方的后面的水就很深……水里多的是鲨鱼。”

“那是我的事，”我说，“的的确确，就是眼前。”

“别忙。”他从袋里拿出了什么东西，在太阳光下面耀眼发光，扔在他的脚边。“这是一只装上了子弹的左轮，”他说，“孟高梅立也要这样做。现在我们就走到海滩上去，一直走到你认为足够安全的距离。你就来把两只左轮拿了去。”

“我不来。你们两个一定还有第三只枪的。”

---

① 这是初学者的一段幼稚的拉丁文，它的意思是：“他们不是人，他们是我们用来作活体解剖的兽类。”

“我希望你能仔细想想，卜伦狄克。第一点，并不是我要你到这个岛上来的。第二，昨天晚上，我们还给你治疗，我们是想害你的吗？还有一点，你现在最初的惊恐已经过去了，你该可以想想——孟高梅立真是如你所说的那种人吗？我们搜寻你是为你好。因为这个岛上是充满了……敌视的情况的。你是愿意自己淹死的，那我们又何必来打死你呢？”

“当我在那小屋里的时候你们为什么布置了……你们的人马来对付我？”

“我们想捉住你，救你脱离危险。后来我们又从事侦察你的踪迹——为了你好。”

我沉默了。这些好像都是实情，我又记起了一些别的事。

“可是在你们住处的地方，我看见了……”我说。

“那是美洲狮。”

“卜伦狄克，你想，”孟高梅立说，“你真是一个笨驴。走出水来把这两只手枪拿去，再说别的。我们已经尽了我们可能的做了。”

现在我承认，自然永远是这样的，我对莫洛是不相信而畏惧着的。但是孟高梅立的为人我想我是了解的。

“走上岸去，”我说，想了一下以后，又加上一句，“举起手来。”

“这不能呀。”孟高梅立说，他从肩部上面在点头示意。“太失身份了。”

“那么走进树林里去罢，”我说，“随你们的便罢。”

“这真是一种笨透了的表演。”孟高梅立说。

他们两个都转回身去，面向了六七个怪样的生物。那些在阳光下面站着的，结实的，有影子的，活动的，而又那么可疑的不真实的生物。孟高梅立向他们抽响着鞭子，他们一齐转身，慌张地逃进树林里去。等我认为孟高梅立与莫洛走了一个足够了的距离以后，我从水里走了出来，拾起了那两只左轮手枪检查一下。我总觉得这些转手得来的武器不十分属于自己，为了满足自己，就拿起一只枪朝一块圆石上面开了一响，看了石块被打得粉碎，海滩上飞布着铅块的情景，我是满足了的。

这时我仍自踌躇了一会。

“我得冒险，”我说，最后，我双手各执一枪，上岸向他们走去。

“这比较好些了，”莫洛毫无所动地说，“就这样，你的这种要不得的恐惧把我一天里最好的时光都浪费了。”

带着一种压伏了我的蔑视的感觉，他和孟高梅立转身在我前面默默走去。

那一群野人，还在惊疑着，躲在树林深处。我尽量装成泰然的神情走过去。有一个要跟了我走，可是当孟高梅立的鞭子一响就又退去了。其余的静悄悄地站着——看着。他们也许一度曾经是兽类。可是我却从来不曾见过一头兽类还有思想的企图的。

第十四章

“现在，卜伦狄克，我要解释了。”当我们吃喝完了以后，莫洛博士马上就开始说话了。“我得老实讲，你是我所接待过的客人之中最专横的一个了。我警告你这是对你迁就的最后一次。如果再要为了什么，你又要用自杀来威协我的话，我也不再管了。——即使对我个人有些不便的话。”

他坐在我的椅子里，在他的白白而看来十分灵巧的手指中夹着的雪茄已经烧掉一半。摇晃着的灯光落在他的白发上面，他从窗子里望着天上的星光。我尽可能地坐在离他远远的地方，在我们中间是一张桌子。手枪近在手边。孟高梅立不在这里。在这样的小房间中和他们两个在一起我是并不介意的。

“你承认所谓活人的解剖，如你所称的，结果只不过是美洲狮吗?”莫洛说。他曾经让我参观过内室的恐怖情景，更使我相信了这确是惨酷无人道的。

“那是美洲狮，”我说，“仍然活着，可是这种脔割与肢解呀，我祷告上苍我再不要看见活生生的血肉了。真是最惨酷的——”

“别管那些，”莫洛说，“省省那幼稚的恐惧罢。孟高梅立有时也常这样的，你承认这是美洲狮了。现在你静静地听我向你演说我的生理学讲演。”紧接着，他先是用了一种极端可厌的声口开始，不过马上就变得温和起来，他向我解释他的工作了。他是很单纯而使人相信的。他的话中不时夹杂了冷言冷语。我们这种彼此间的地位使我马上觉得羞耻难堪了。

我所看到的那些生物并非人类，也从来不曾是过人类。他们是兽类——人性化的兽类——一种活体解剖的胜利。

“你完全忘记了一个技巧纯熟的活体解剖者对一个生物所可能做的事。”莫洛说。

“以我而论，我总是因此而感到烦恼，为什么我在这儿施手术的动物以前都不曾被处理过。自然也施过一些小手术——割断，割舌，切除。自然你是知道的，斜眼是可以用外科手术来纠正或治疗的。可是在切除的情况下，就有各种第二级变化发生了，色素的变化，情感的转变，脂肪细胞的分泌转变。我想你一定曾经听到过这些的。

“当然，”我说，“可是你们这些丑恶的生物——”

“经过全都良好，”他说，他向我摆着手，“我不过刚刚开始。那些不过是变化期间的无足重轻的事件而已。外科手术可能有更好的结果的。可能有进步，也许有恶化和变动。也许你曾经听见过，一种普通的小开刀，就像鼻子破裂了。在前额切下了一片皮肤，移到鼻子上，在新的地方重新生长起来。这是一种移在动物本身上的一块新地方的接皮手术。至于在别的动物身上所割下来的实体的移植手术也是可能的——举例来说，像牙齿就是的。皮肤与骨骼的移植是为了治疗的便利。外科医生在伤处的中部安放了从别的生物身上取来的一片皮肤，或是从一个才杀死的动物身上取来的骨片。猎犬的距爪——你可能听见过——在牛脖子上重新生长起来。还有可以联想起来的是阿尔及利的法国轻步兵中的犀鼠——从正常的鼠的尾巴上割取一片移植到它的鼻上让它在那里生长，这样就成了妖物。

“造成了妖物！”我说，“你是要告诉我——”

“是的。你所看到的这些生物都是重塑的兽类，被造成了新形式的。我将毕生贡献于这个——生物的可塑性的研究。我研究了多年，逐渐获得了知识。我看你是有点害怕了，可是我所告诉你的还不是新东西。在若干年来，这就是实验解剖学的基本常识，不过没有人有研究的胆量。我能够变更的并非仅是一个动物的外形。生理学，生物的化学的律动也可以做得到，因而造成一种经久的变形，关于这种例子，有的一定是为你所熟习的，像种痘与其它的生物或无生物的接种就都是的。输血也是一种类似的手术，我当然是从这个题目开始的。这些都是熟习的手术。比较奇怪或者是更高级的是那些中世纪的医生们的开刀术了。他们造成了侏儒，四肢残废的乞丐，展览的怪物；他们的本领的一鳞半爪还流传在年青的江湖医生与走江湖卖解者的手术初步里面。V. 雨果在《笑面人》（L'Homme qui rit）中还留有记载。……也许现在的意思变得明白了。你现在可以开始看出这是可能的事了罢？在一个动物身上的一部分移植细胞到另外部分，或从一个动物移植于另一动物身上，这样来变更它的化学反应与生长的方式，改变它的肢体的关节，自然还将它最内部的组织加以变化了。”

“而且这一门奇怪的学术在我着手之前，也从不曾被现代的研究家作为一种目标系统地研究过！有一些是曾经在外科手术的最后方法中偶然触到过的。大部分在你的脑神经中时时再现的类似的迹象都被解释得好像是意外事件——由暴君罪犯犬马饲养者和一切没有受过教育的笨手笨脚的人因为匆遽之间本身的需要而造成的意外事件。我是第一个人利用了防腐解剖学和真正科学上生长定律的知识来研究这个问题的。”

“可是人家也许会想，这个问题是过去已经给别人秘密研究过了的。像暹罗双生子那一类的生物。……在宗教裁判的地下室中。无疑的，他们主要的目的是刑罚的艺术化，不过至少这些宗教裁判官中有的人是会感到一种科学上的好奇心的。……”

“但是，”我说，“这些家伙——这些兽类能说话……”

他说这正是事实，并且进一步指出活体解剖的可能并不仅只止步于生理的变态。一只猪也许是可以训练的。心理组织也许比了身体的组成更少定性。在我们的发展中的催眠学中，我们已经得到这样的肯定，用新的观念代替固有的直觉和将固有的意念加以移植或替换的可能性是有的。所谓伦理教育是一种本能的人工改造与曲解的事实是千真万确的；还有，好勇斗狠的本性加以训练后成为自我牺牲的勇气，被压抑的性感就成为宗教情绪。人类与猴子的大分别在喉头，他说，分别在于猴子不能清楚的铸成寄托思想的不同的音节的符号。这一点我不能与他表示同意。他带了一点无理不去理会我的意思。他重复述说事情是这样的，又继续谈起他的工作来了。

可是我问他为什么选取人类的体型作为标本。当时我认为这个选择是一种奇特的罪恶，直至现在，我依然是这么想的。

他声明他的选择完全是一件偶然的事。“我也同样可以尝试将山羊变为骆马，骆马变为山羊的。我是这么想，当诉诸意想的技巧时，一些人类的形态要比任何兽类的来得有力。可是我并不曾将自己局处于人的改造的范围里面。有一次或者两次……”他沉默了大约一分钟，“这些年呀，是怎么过去的！现在我为了救你的性命又荒废了一整天的光阴，现在为了解释自己又费去了一小时！”

“但是，”我说，“我还是不能了解。你使它们受这些痛楚的理由又在那里？在我看来，活体解剖的唯一辩解不过是有一些实用而已。——”

“一点也不错。”他说，“不过，你看我的天赋是不同的。我们的立场不同，而你却是一个实利主义者。”

“我不是一个实利主义者。”我开始激动了。

“照我看——照我的看法。因为使我们意见分歧的只不过是这个痛楚的问题。当耳闻目见的痛楚使你困恼，当你自己的痛楚逼着你，当你认为痛楚是犯罪的主因，当此之际，我告诉你，你就是一个兽类，对于一个兽类的感觉觉得清楚一点罢。这种痛楚——”

对于这种牵强附会的诡辩我不耐烦地耸了耸肩。

“哼！可是这真是一桩小事情咧。如果对科学的教示有开明的接受的雅量就一定得将这看做一桩小事情的。也许除了在这个小小的行星里面，在宇宙间的一粒微尘之中，在到最近的星球之间遥远的程途里的渺茫中——也许我是说，更没有什么地方有这个叫做痛楚的东西存在。可是我们所摸索着寻求着的法则。可是为什么，即使是在这个地球上面，在生物中间，又有什么痛楚呢？”

他一面说一面从袋里拿出一把小铅笔刀来，打开了刀锋，移动着椅子，一直到我可以看见了他的大腿。从容地选了一个地方，把刀割进腿去，再拔了出来。

“你无疑是早已看见过这个的了。一点都没有什么。这说明了什么呢？肌肉里面是并不需要对痛楚的感觉的，而痛楚也不存在于那里；在皮肤里少少需要一点痛楚，而只有在大腿上的这里那里是可以感觉到痛楚的地方。痛楚只不过是我们的一种固有的医学顾问，它警告我们刺激我们。所有的活的肌肉都不会感觉痛楚的，所有的神经也都不，即使所有的知觉神经也都不的。在视神经的感觉中是没有痛楚的痕迹，真正的痛楚的。假使你的视神经受伤，你只是感到有一片片光闪闪过，正如听觉神经患病的结果是耳边营营作声一般。植物是没有痛楚的感觉的；下级生物——很可能像海盘车龙虾这种动物不会感到痛楚。至于人类呢，他们愈是有智慧，便对自身的福利愈为敏感，也就愈不需要使他们免于危害的刺激了。我还从来没有听到有过或早或迟不是为进化所淘汰的废物。你听到过吗？而痛楚逐渐变为不需要了。”

“我成了一个宗教的信徒，卜伦狄克，每一个头脑健全的人都会如此的。也许是如我所幻想的，关于这个世界的创造者的行径，我看得比你多——因为我寻求到了他的规律，用我自己的方法，做毕生的研究，而你呢，我明白，是在收集着蝴蝶罢了。我还跟你讲，快乐与痛楚和天堂地狱是漠不相关的。快乐与痛楚，哼！你们神学家的陶醉除了极乐的女神外又是什么呢？男人和女人们存积快乐与痛楚的地方就正是他们具有兽性的标识，指示了他们是从野兽进化而来的，痛楚！痛楚与快乐——只有当我们在尘世挣扎的时候才存在……”

“你看，我就是照了自然的发展做我的研究的。这是我所知的研究进展的唯一的途径。我提出了一个问题，想出了几种解释的方法，这样我又得到了——一个新的问题。这个可能吗？那个可能吗？你不能想像这对一个研究者的意义，是怎样的智慧的热情生长在他的身上呀。你不能想像这种智慧的热情的奇异的纯净的悦乐。你面前的东西不再是一个野兽，一个动物，而是一个问题。同情的痛楚——关于它，我所知道的仅是多年以前我常常感到痛苦的东西。我需要——这是我所需要的唯一的东西，是找出一个生物的可塑性的最大限度。”

“但是，我说，“这是一件讨厌的事物咧！”

“直至今日为止，我不曾感到有关这事的伦理学上的烦恼。研究自然使一个人最后像自然一样的冷酷。我这样继续下去，除了我所追求的问题以外，对什么都不介意，材料逐渐到了那边的小屋里去。……离开我们初来此地，大约有十一年了，我和孟高梅立，还有六个堪那加人。我记得这岛上的沉静的绿色，四周的空阔的海，就和昨天一样。这地方就像是在等候着我的一样。”

“物资运上岸来，房子造了起来。堪那加人在峡谷左近建筑了些住处。我在这儿开始工作，研究着我所带来的东西。起初发生了一些不快意的事。开始是一只山羊，我的解剖刀一滑，在开始一天半以后就弄死了它；我又弄第二个山羊，将它弄成了又痛楚又惊怖，包扎之后我将它扔在一旁让它自己去复原。我完成了这工作以后，它在我看来倒很人化了，但是当我走近了它时我又失望了；它还记得我。下意识的惊怖着，这还是山羊的本性。我愈看它，它愈拙劣，最后，我让它解除了痛苦。这些没有勇气的兽类，这些动辄害怕给痛楚追着的家伙，没有一点面向折磨的勇气——它们对于改造成人的工作是不适宜的。”

“这时我选了我所养的一个大猩猩，在它身上加上十二分的小心，征服了重重的困难，我造成了我的第一个人。有一个星期之久，我夜以继日的训练它。在它，主要的只有脑子是需要塑造的；有很多需要增加的，也有许多需要更换。当我施行手术时，我想它应该是尼格鲁型的很好的标本，它睡在那里，绑了绷带，手足被缚着，在我面前一动也不动。当我觉得它的生命已可无虞的时候才离开了它，走进屋子一看，才看见孟高梅立就和你现在的神情一样。他听见了这东西逐渐转变成人时候的喊声，就和使你异常吃惊的那种喊声相同的一种。最初我还不当他是自己人，而那些堪那加人，同样地，对这事也有些晓得了。他们一看见我怕得失去了理智，我说服了孟高梅立——成了同路人，但是我和他有着一个最困难的任务就是防止堪那加人的逃亡。最后他们逃亡了，我们就这样失去了我们的快艇。我花了不少日子的时间去训练这家伙——一起我训练了三四个月。我教他初级英语，教他数数的意念，就是字母也教他读了。但是对这种文字的学习他是非常迟钝的——虽然我还遇到过比他还要笨的白痴，他头脑里面开始时是一张白纸；他的记忆里没有一点自己过去经历的影子。当他的创伤差不多痊愈了以后，他变得只是痛苦和顽强，可以稍讲一点话了，我带他出去，当作一个有趣的无票乘船者介绍给那些堪那加人。

“最初他们对他非常害怕，不知道为什么——这很使我生气，因为我对他期望很高——不过他的作风看起来是那么的温和，而他又是那么的卑贱，过了一些时候，他们渐能与他相处，并且着手给他以教育了。他学习的进步很快，很能模仿也很能接受，自己造了一座很好的小屋，照我看来，要比他们自己的小破房子好得多了。在他们中间的一个，有些像传教士的，他教它认字，至少是认出字母来，又教他一点初步的伦理学，不过看来兽类的习惯是并非全部都能接受的。

“我摆脱了工作休息了一些日子，想把整个的经过写一个报告，想唤醒英国的生理学界加以注意。我又看到了他蹲在椅上陪逗着他的两个堪那加人叽咕地说着话。我警吓他，告诉他这种动作是不像人所做的，激起了他的羞耻心，然后到了这里决定了在我将我的工作成绩带回英国之前要做得好一些。我真的曾经一度做得挺好；可是不知如何，这家伙又退回到老样子去了，那种顽强的兽性又滋长起来，一天一天，又回到原样了。……我还是想再造成好的成绩。我是想克服这困难。这个美洲狮……

“但是这是经过的情形。所有的堪那加人现在都死了。一个从船上跌到了水里去，一个脚碰伤了又受了一种树汁的毒死了。三个驾了快艇逃走，我猜想，也希望都淹死了。另一个……给弄死了。好——我却找到了代替他们的。孟高梅立的行径起初很像你的样子，后来……”

“那另一个倒底是怎么样了？”我严厉地质问。——“那个给弄死了的堪那加人？”

“事实是，当我造成了一批人之后，我做了一件事——”他又嗫嚅不说了。

“怎么样？”我说。

“他是给弄死了。”

“我不明白，”我说，“你是说……”

“它将堪那加人杀死了——是的。它还弄死了它捉到的一些别的。我们搜寻了它两天。意外地给它逃掉了——我想它是不会跑掉的。这件事还没有了结。这完全是一种实验。它是没有四肢的一种东西，有一个可怕的脸，在地上像蛇一般地扭着的。它是异常的壮实，但是陷入一种极端易怒的痛苦中，它的行动就像海豚游泳一样的滚着。它在森林里隐伏了一阵子，碰到什么都给什么带来了灾害，一直等到我们开始捕捉它，它就又逃到了岛的北部去了。我们分队逼近了它。孟高梅立坚持着同我一道。这个人有一支步枪，当他的身体被发现的时候，枪管中的一根已被弯曲成了 S 形，他身体也几乎被咬断了……孟高梅立打了它一枪……这以后我就执着于人性的创造——只除掉小动物以外。”

他变得沉默了。我在静寂之中望着他的脸。

“这样整整的二十年——连在英国的九年在内——我一直继续下去，而在我每一件工作中总还有些地方使我失败使我不满足，刺激着我继续努力。有时我达到比我的水准更高的地步，有时降低了，可是我永远够不到我所梦想着的东西。人类的外形现在我可能做到，差不多很容易，因而它是柔和而高贵的，或者是厚重的坚强的；可是在手与爪上却总有问题——我还不敢放手去造成痛苦的东西。但是就在精细的培植上与重新造型上必须触及的脑子的部分有着我的困难。智慧常常是低劣的，不可计量的空虚，不可预期的缺漏。最使我不能满意的是总有那么一点我不能达到，有那么一个地方——我不能指出是那儿——在情感的根株的地方。破坏人情的热望，直觉与欲求，一种奇异的隐秘的蕴藏，一旦突然爆发，生物的全身就会全部泛滥了愤怒、仇恨或是恐惧。当你一开始观察我的这批人的时候，你会觉得他们是奇特而忧愁的，可是在我看来，在我造成了他们以后，他们全是不折不扣的人类了。后来我再观察的时候，我的信念消失了。开始是有一个的兽性发露了，接着就又是另一个，兽性毕露地向我凝视着。……不过我是还打算征服这种困难的。每一次我将一个活生生的生物沉入燃烧着的痛楚中时，我总是说这一回我得将它所有的兽性给烧成灰，这一次我得造成一个像我自己一般的正常的人。到底，十年又算什么呢？人类制造的过程已经有十万年了。

他沉郁地思索着。“不过我的工作逐渐达到坚定的地步了，我的这个美洲狮……”

经过一度沉寂，“它们又恢复原状了。我的手刚从他们的身上拿开，那兽性就又慢慢地恢复了，又慢慢开始发展了。……”

又是一个长长的沉寂。

“接着你就把你所造成的那一批东西都关在那些洞里去了？”我说。

“他们自己去的。当我发现它们中间的兽性存在时，就将他们赶了出去。他们就在那里徘徊着了。他们全都怕着这座房子和我。在那儿他们都带着一种人类的假面，孟高梅立知道得很清楚，因为他在它们中间混过。他将它们中间的一两个加以训练听我们使唤。他对这事很感到羞辱，可是我想他对其中的一些是有着好感的。这是他的事与我无关。他们使我不舒服的只是那一种失败的感觉而已。我对它们并不发生兴趣，我想他们是照着堪那加传道士所指出来的一条路发展着的，在正常生活中又带着笨相——可怜的兽类呀！他们有一种叫作规例的事物。唱着“你全部的”一类的赞美歌。他们自己建造了自己的洞窟，采集果实拔去野草——甚至还成婚。可是我看穿了这一套，看透了他们的灵魂，除了兽性之外什么也看不到。将近毁灭的灵魂——愤怒，还有求生的欲望，满足它们自己于……可是，这真可笑。复杂得很，像其余的生物一般。他们中间有一种向上的努力，一部分是空虚的，一部分是性感的浪费，另一部分是浪费了的好奇心。这些只是使我觉得可笑。……我对那个美洲狮却还抱着期望。我在她的头脑部分很费了不少力气。……

“现在，”他说，经过长时的沉寂他站了起来，在沉寂中间我们各自想着自己的事情，“你在想什么？你还怕我吗？”

我看着他，只看见一个白面孔白头发的人，跟一付沉着的眼睛。可是看看他那雍容的姿态，他那份安静与庄严的仪表所构成的神气，即便是置身于一百个养尊处优的上年纪的绅士之中也是毫无不合的。我战栗了。当我回答他第二个问题的时候，我一只手拿了一支左轮枪递了给他。

“留着吧，”他说，随着打了一个哈欠。他站了起来，向我一望随即一笑。“你这两整天可够受的了，”他说，“我想还是睡一觉罢。我很高兴一切都解决了。晚安。”

他又研究了我一下，就从里边的门走出去了。我马上就将外面的门落了锁。

我再坐将下来，呆呆地坐了一歇，我的情绪、精神与体力都支持不住了，关于他为什么要离开我的一点，再也没有精力去想了。黑窗户像一只眼睛似的瞪着我。最后，我费了点力气关上灯，跳进吊床里去。我很快地就睡去了。

第十五章

我很早就醒了。我一醒就又清楚而确实的记起了莫洛的一套解释。我跳出吊床走到门前去看看门是不是真的上了锁。又看看窗拴，也扣得牢牢的。这批人样的家伙实实在在是兽性的怪物，只是可笑的伪装的人，它们很可能弄出点什么花样来，这种不安的疑惧充满了我，简直比任何有所为的恐惧还要坏得多。敲门声响了一下，我听见了曼林的黏滞的声音。我将一柄左轮藏在袋里（一只手摸着枪），把门开开了。

“早晨好，老爷！”他说。在照例的蔬食早点之外还拿了一只烧得很坏的兔子。孟高梅立跟了他。他的转动着的眼睛落到了我的手臂上，他轻蔑的笑了笑。

这一天美洲狮在养息，可是孤僻惯了的莫洛却不曾和我们在一起。我和孟高梅立谈天，企图清除头脑里关于这些兽类的生活方式的问题。我特别急于知道怎样可以使这些非人类的恶魔不向莫洛与孟高梅立袭击，或它们自己之间不起争吵。

他告诉我是因为这些怪物的理解力的限制，他与莫洛才能有相当的安全。即使它们的智力逐渐增长，它们的兽性有着复活的趋向，莫洛在它们的头脑中注入了某种固定意识，这就完全限制了它们的想像力。它们实际上是被催眠了的，告诉了它们什么事是不可能的，什么事不许做，这些戒条深深地印在它们的脑神经中，简直绝无不服与辩论抵抗的余地。可是在有些事上，它们的旧有的观念与莫洛的利益有冲突的时候，那就不十分稳定了。有那么一套称为法律的教条——我早已听它们背诵过了的——在它们的头脑里和根深蒂固的难制的兽性冲动战斗着。这些为它们所不断复诵着的法律，我看出来，也是——经常地失效的。孟高梅立和莫洛两个人都担着十分的心思，不让它们得知血的味道。它们对那种香味所能引起的不可避免的一切是非常畏惧的。

孟高梅立告诉我，当夜幕下降的时候，那些教条就奇怪地失了效用——这情形尤其是在这些阴险的野人里来得显著，因为在这种时候，兽性是最浓的。薄暮的时光，一种冒险的企望跃然欲动，在白天它们连做梦都不敢的事情这时也颇想一试了。这就是在我初来的那个晚上被那个豹人赶了跑的道理了。可是在我居留的前期中它们仅不过是偷偷地破坏着这些法律，也只有在日落以后的时候如此；而在白天，对这些形形色色的戒律，倒还充满着一般的崇敬的气氛。

也许我得讲一点有关这个岛与这批野人的一般的情况。有着不规律的轮廓，位于宽阔的海的低处的这个岛的总面积我想有七八方里。本质是火山岩，三面边缘都是珊瑚礁。在北面是一些火山口，一处温泉，是多少年前造成它的自然力量的唯一遗迹了。不时可以感到轻微的地震，一阵蒸气的气流，有时也会酿成一片高高的烟层。我所能讲的也仅止于此了。孟高梅立还告诉过我，这岛上的生物，莫洛的神奇的艺术产品，大约有六十多个。那些隐伏在草丛里面未成人形的并未计算在内。他一起制造了大约有一百二十个左右，不过有很多是已经死掉了；而其余的，就像他跟我说过的那没有脚的东西，结果也都是异常凄惨的。我曾经问过孟高梅立，他的回答是它们大抵都传了代，可是这些后裔也终于不免死掉。所期望着的具有人的特征的生物简直没有存在的根据。当它们活着的时候，莫洛将它们捉来加上了人类的外型。女性要较男性为少，虽然法律中规定了一夫一妻的制度，可是暗中女性还是遭受迫害的。

要让我仔细描写这批野人是不大可能的。——我的眼睛不曾受过仔细观察的训练——还有不愉快的事是我不能速写。关于它们的外形，最触目的一点是它们的腿与身部的不成比例；还有——我们对于漂亮的看法是并非绝对的——我的眼睛对它们那种怪相渐趋习惯，后来竟为它们所征服，反而觉得自己的长腿不顺眼了。还有一点是那向前突出的头部，与那臃肿的非人型的脊骨。即使是猿人也缺乏那使人类外型美化向前弓着的背脊。有不少的肩头块然隆起，短短的小臂无力地左右下垂。生了毛发的不大看见——至少，直到我岛居的最后都是如此的。

其次外形上显著的特异是在它们的脸部，它们几乎都是下颚突出的，耳部也都是畸形的，大而隆起的鼻子，浓而刚硬的头发，常常是颜色奇怪或是部位不正的眼睛。没有一个会笑，虽然猿人会发出一种不愉快的龇牙苦笑。除了这些一般的特点，它们的头部是彼此各异的；每一个都具有显示它自己的族类的特征：人类的外型是变掉了，却并未能掩盖了它们的豹、牛、猪或其他用以变形的兽类的本来面目。同样的，它们的声音也彼此大不相同。手总是畸形化了的；虽然它们有一些出于意料的人性化使我惊异，可是它们的全部的手指的数目都有残短，指甲臃肿，没有任何触觉的感应。

兽人之中最可怕的两个是我的豹人和一个用澳洲虎与豚豕造成的东西。比这两个大一些的是把小船拉进了口的三个牛种生物。再其次就轮到了银发人，他也就是那个宣读法律的人，曼林，还有一个由猿和羊改造成的有如萨提尔的生物①。还有三个男性的豕人，一个女性的豕人，一个犀马人，以及一些为我所不能断定其来源的女性生物。还有不少狼人，一个熊牛人和一个圣伯拉尔的犬人。关于猿人我已经描写过了，还有一个由牝狐与熊改造成的老女人是开始就为我所特别痛恨着的（它是还有着一种魔鬼的气味的）。据说她是一个法律的忠诚的信徒。比较小一些的生物则包括了一些有着斑纹的小东西和我那个小小的迟钝的家伙。

起初，我对这些野人有着一种震颤的恐怖，极深切地感到它们还未脱兽性的事实，可是不知如何我对于它们的思想有一点习惯了，这以后，我更被孟高梅立对它们的态度所影响了。他为了与它们相处日久以至使他将它们认作了正常的

① Satyr——希腊神话中半人半羊的神。

人类——他在伦敦住过的一个时期在他看来是一段光荣的不可再来的经历。只有一次在一年左右以后他到了阿里加，是去和莫洛的一个代理人接洽事务，那代理人是那里的一个贩卖畜类的人。在那个住了西班牙混血种的水手的村落中间，他绝难看到高级的开化了的人类。他曾经对我说过，他对那些船上的人的印象之奇特正像我对这些野人的印象一样——腿是出奇的长，面部平平，前额隆起，举动可疑，行动可畏，有着一副冷心肠。事实上，他对人类并无好感。他的对我亲热，由他看来，只不过是因为他曾经救过我的性命而已。

这时我甚至如此设想，他对有些变形的野人偷偷地寄与善意，对它们的行动也滥予同情，这些情形他起初是想瞒着我的。

他那个黑脸的仆人，为我所见过的第一个野人的曼林，并不与其余的岛上野人住在一起，而是住在围墙后面的一所小窝棚里面的。它不及猿人的聪明，但是却更驯良，也是在所有的野人之中最像人样的，因而孟高梅立就加以训练，使它烧饭作菜，自然还清除地方上所需要的一些小厕所。它是莫洛的可怕的技术的一件复杂的成功制作，一只熊，又添上了狗与牡牛的成份，也是在所有的野人之中最苦心经营成功的一个了。它对孟高梅立有一种出奇的亲切与忠诚；有时他注意及此，于是就拍着它，一半开玩笑地叫着它的诨名，使它大为高兴而手舞足蹈了；可是有时他也虐待它，尤其是在吃了威士忌之后，足踢，拳打，用小石块儿与点着的大头火柴向它投掷。可是不管优待或虐待，它却总是依于他的身旁不去，以为没有比这再好的事了。

我曾经说过我是逐渐习惯于和这些野人共处了，为我所认为反常可厌的若干行径很快地使我觉得都是正常的了。我想所有存在着的事物都是受着我们周围的一般的气氛的影响的：莫洛与孟高梅立的成为过于特殊而突出的例子使我对人性的大体的认识更为明确。我观察一个辛勤垦殖田地的牛人，我于是努力回想它与一些利用机械耕田的真的农人的分别是在那里；我或者看到狐熊型的女人的狡猾善变的面孔，它的那种机巧善变的脸真的是奇异的人性化了，甚至使我怀疑是在什么城市中的小街上遇到过这种面孔的。

可是无可辩驳的，时时我又会碰到野兽的突然出现。有一个极丑陋的人，显然的一个驼背的野蛮人，在一个洞窟的出口处蹲踞着，伸了手臂在打哈欠，猛然可惊地露着剪刀似的门牙和一排犬牙，尖锐发光有如一排小刀。或者在一些狭窄的过道中，偶尔冒险一窥那些缠满了白绷带的柔和的女性们的眼色，我一看见她们的切缝似的瞳子，马上就感到了一种痉挛的退拒；或者向下望去，注意着她的弯曲的指甲，她正将这弯曲的指甲攫住身旁的用布包起来的一堆东西。顺便我还要提到一件不易说明的奇怪的事情，这些不可思议的生物——我是说那些女性——在我初来的那些日子中即已注意到她们可厌的臃肿，于是就对她们外面的服装的端整付予了较人类尤甚的关心。

第十六章

我的对写作的一无经验害了我，我离开了我的故事的线索。当我和孟高梅立吃完早点以后，他带我走过岛去看火山喷口和温泉的发源地，就是在前一天我在无意中所发现的那条灼烫的泉水的源泉。我俩都带着鞭子和上了子弹的手枪。当我们穿过路上一个茂密森林的时候，我们听见了一只兔子的尖锐的叫声。我们止步细听，可是再也听不见什么了，我们马上继续走去，并未留心这个偶然的事件。孟高梅立让我注意一些有着长长的后腿的，在草丛中跳跃着的小小的红色动物。他告诉我这些就是为莫洛所制造出来的野人们的后裔。他曾经设想这些是可以当作肉吃的，可是为了只有兔子才有吃掉它们的小兔子的习惯，这样，才打消了这种企图。我是早已看到过这种生物的了，一回是在逃避豹人的追赶的有月亮的晚上，还有一回是前一天我被莫洛追踪的一次。巧得很，一个因为躲避我们而跳起来的东西跌进了为风吹倒的大树根株留下的洞里了，在它逃掉以前我们设法来捉住它。它像猫在发怒时一般地叫着，用它的后腿乱掘着地和踢着，还企图用嘴来咬，可是它的牙齿太弱了，只能咬一个不感痛痒的牙印。我看这是一个相当美丽的小东西，照孟高梅立的解释，它在地下作窠时从不毁害草皮，习惯上也异常洁净。我不禁幻想，在绅士们的花园里，它是大可取家兔的地位而代之的。

在路上我们还看见一棵树的树干上树皮一条条的剥落下来，还有着深深的裂痕。孟高梅立使我注意这个。“不许用手爪剥树皮，这是法律，”他说，“他们里边有些是很看重这一条的！”我想大约是在这以后，我们遇见了萨堤尔和猿人。萨堤尔是莫洛的意念中的古典记忆的表现，它的面孔上的表露很像绵羊——是希伯来的粗绵羊式——它的声音是一种粗砺的羊鸣，它的残忍的举动有如魔鬼。当它经过我们面前时正抱着咬一个带壳的果子。它们两个都向孟高梅立行礼。

“欢迎，”它们说，“向另外拿鞭子的一位欢迎！”它们说。

“现在有鞭子的人又添了第三位了，”孟高梅立说，“你们要注意了！”

“他不是改造成的吗？”猿人说，“他说——他说他是给改造成的。”

萨堤尔人奇怪地望着我。“第三个有鞭子的人，他，他就是走到海里去的那个人，有一个瘦瘦的白脸。”

“他有一根细长的鞭子。”孟高梅立说。

“昨天他流了血还哭了的，”萨堤尔说，“你是从不想像也从不哭泣的。老爷是从不想像也从不哭泣的。”

“贱人！”孟高梅立说，“你要是不事事留心就该你受伤哭泣了。”

“他有五根手指，他跟我一样都是五指人。”猿人说。

“走罢，卜伦狄克，”孟高梅立说，捉住我的手臂，我就跟他一起走了。

萨堤尔与猿人站着看着我们，彼此交换着什么别的意见。

“他不曾说话，”萨堤尔说，“人类是有声音的咧。”

“昨天他还问过我有东西吃没有，”猿人说，“他不知道。”接着他们又低声说了些什么，我听见萨堤尔在笑了。

当我们走回来时碰上了兔子的尸体。这可怜的小东西的赤红的身体给分成了好几块，好几根肋骨露在外面发着白色，脊骨不用说是给啮掉了的。

孟高梅立看见以后就停了下来。“老天爷！”他说，弯下身去捡起了几根破碎了的脊椎骨更仔细地检查着。“老天爷！”他又重复了一句，“这是怎么一回事呀？”

“这该是在你那一批肉食动物里面，有的又犯了旧隐，”静默了一下以后我说，“这根背脊骨简直是给咬穿了的。”

他站在那里瞪着，面孔白白嘴巴歪斜。“我不喜欢这个，”他慢慢的说。

“这类的事我是看见过的，”我说，“就在我刚来的那一天。”

“你真该死！那是什么呀？”

“一只给扭断了头的兔子。”

“就在你刚来的那一天？”

“就是在我刚来的那一天晚上我出去的时候，在后面的草窠子里面看见的。脑袋是整个儿给扭掉了。”

他低低的吹了一声口哨。

“还有咧，这是哪个家伙干的我心里也有数。这只是一种猜疑，你知道。在我看见那个兔子之前，我看见你们那批怪物里边的一个在小河里喝水。”

“是吸着水的吗？”

“是的。”

“不许吸着水喝，这是法律。有很多野人心里是有这种法律的，呃，——在莫洛不在的时候？”

“追我的也就是这个野人。”

“自然，”孟高梅立说，“肉食动物就是这样的。它们弄死了什么以后，就想喝了。这就是嗜血癖，你是知道的。”

“这野人是怎么一种样子的？”他问了，“你还能再认得出他来吗？”他朝我们望了一下，跨在死兔的尸体上面，他的眼睛在我们周围的树林中隐伏着的绿色的荫影里转来转去。“嗜血癖呀，”他重复了一遍。

他拿出了手枪，检查了枪里边的子弹夹，又重新装好。这时他就又开始抽动着他的下垂的嘴唇了。

“我准会再找着那个野人的，我把它给吓坏了，它的前额准是给打出过好样儿来的。”

“可是我们得证明把兔子给弄死了的是它，”孟高梅立说，“我希望我从未带它们到这里来过。”

我本来可以继续前进，可是他却站在那里苦痛地想着那个被肢解了的兔子。于是我就走开来，一直走到看不见兔子的尸体的地方。

“走啊！”我说。

他突然醒转向我走来。“你看，”他说，几乎是用了一种听不清楚的耳语，“它们本来都该有一种不吃任何在地上跑着的动物的信念的。可是有一个野人偶然尝到了血的味道……”

我们在沉默中走了一段路。“我真不知道可能发生过什么事情。”他自言自语地说。过了一歇，他又说了；“那一天我干了一桩傻事。我的那个仆人……我教了他怎样将兔子剥皮，烧烤。真糟……我看见他舐他的手……我从未干这种事的啊。”

接着：“我们必须停止这个。我得告诉莫洛。”

在我们回家的路上他简直是念念不忘无暇他顾的。

莫洛对这事的看法比孟高梅立还要严重。不用说，我也受了他们的惊恐的传染。“我们得给它们一个惩处，”莫洛说。“照我想祸首一定是那个豹人。可是我们怎样才能证明呢？我希望，孟高梅立，你把吃肉的味道保守得很秘密，不曾当做一件新鲜事在外面招摇。有一天我们也许就成了它们的盛馔。”

“我真是个笨驴子。”孟高梅立说，“可是现在事已如此了，你也说过的，我可能闹乱子的，你知道。”

“我们得马上弄明真相”。莫洛说，“我想，假使有什么事情发生，曼林总该能够照顾他自己的吧？”

“我不能太相信曼林，”孟高梅立说，“我想我应该知道他的。”

这一天的下午，莫洛，孟高梅立，我自己，还有曼林穿过岛到峡谷里的小屋里去。我们三个都是武装了的。曼林带了他用来劈柴的小斧子，还带了几圈线。莫洛有着一个大的牧牛人的号角背在肩上。“你将要看到一群野人的集合，”孟高梅立说，“这是一个好看的场面。”在路上莫洛一句话也没有说，可是他的大而发白的脸板得紧紧的。

我们穿过了峡谷，下面炎热的小河冒着烟，穿过竹丛中的曲折的小路，一直走到一大片敞地，敞地上覆了一层黄色的什么，我猜大概是硫磺。在一片乱草的高冈上面可以看到海面在闪闪发光。我们走到了一片浅滩，好像一个天然的运动场的地方，我们四个在这里停了下来。莫洛吹起了号角，这角声打破了热带下午的沉睡一般的寂静。他一定有着极强健的肺部。高音符的回音回环渐高最后达到一种刺耳的强度。莫洛“啊!”了一声以后就又让这弯曲的乐器垂了下来。

立刻在黄色的竹林中有了声响，而从暗绿的林荫中传出的声音说明了这就是前一天我跑过的那一片沼泽。这时在硫磺地面的边缘上，有三四处出现了野人们的笨拙的踪影，正在向我们奔来。当我看到了它们一个接着一个在草树丛中出现蠕动在热的地面上时，真禁不住一阵心悸。可是莫洛与孟高梅立却颇为镇静地站在那里，我也在他们身边勉强支持着。第一个跑到的是萨堤尔，它的身型简直奇怪得有些不近真实了，它的脚跟荡起了一阵阵的尘埃；跟着它在竹林中跑出来的是个粗野的由犀马变成的家伙，一边走一边嚼着草；再后面是一个女性的豕人和两个女性的狼人；消瘦的面庞上点缀了一对赤红的眼睛的狐熊人妖，后面又随了另外的一群——

它们全是急忙地赶了来的。当它们向前移过来时，它们个别地向莫洛阿谀起来，嘴里念念有词，念的是那些法律的后半部的零碎片段，“他是伤害的手，他是赦免的手，”这一类的词儿。

它们一进到大约三十码光景时便停止，双膝下跪四肘俯伏，开始在头上投掷着白粉。假使可能时你可以想像这种情景。我们这三位怪人，加上我们的那位不成样的黑脸仆人，在发亮的蓝天底下，广阔的铺满了阳光的黄沙的地上站着，周围围了一圈蜷伏着的奇形怪状的东西，有些除了举止行动狡猾之外大体上很像人类，有些像是残废者，有些的那种怪相简直像是在我们的怪梦里面出现的人物。远处一边是竹林的边缘，一边是密密的棕榈树，在我们与峡谷之间隔着茅屋，北面则是朦胧一片的太平洋。

“六十二，六十三，”莫洛在数着，“还有四个。”

“我没有看到豹人。”我说。

突然莫洛又吹起了号角，角声起处野人们在尘埃里匍匐转动。这时豹人偷偷地从竹林里出来，弯着腰靠近了地面，想走进莫洛身后搅起了滚滚尘埃的那一群里去。我看见它的头上有受伤的痕迹。野人中最后才来的是那个小猿人。那些早已来到，匍匐礼拜得燥热而不奈烦的兽类，恨恨地望着它。

“休息，”莫洛说，声音坚决而高，兽类们坐下来停止了膜拜休息了。

“宣诵法律的人在那里?”莫洛说，那个一身毛的灰色怪物俯伏着面部俯在地面上。

“宣诵条文。”莫洛说，立刻它们全都跪了起来，身体向左右摇摆着，用手扬起了硫磺的粉屑，先用左手扬起了一把灰，再接着用右手扬，又开始唱起它们的奇怪的一问一答的祈祷文来了。

当它们念到“不许吃肉类和鱼，这是法律”的时候，莫洛伸出了他的瘦长而发白的手臂。“停!”他喊，立刻全体都陷入绝对的静寂了。

我想它们大概全都明白也都害怕着这将要发生的事。我看了一遍它们的奇怪的面部。当我看见了它们的闪避着的行动和它们的发亮的眼睛里面的畏惧神情时，我对我的一度曾经认为它们是人类的信念简直觉得有些不可思议了。

“法律被触犯了。”莫洛说。

“没有人能逃掉的，”声音从那个银灰头发没有面孔的家伙那儿发出来。“没有人能逃掉的。”一圈跪下来的野人跟着复诵。

“是那一个?”莫洛喊，一面响着鞭子，从它们的脸上看过去。我看那个虎豕有点害怕，豹人也有点虚心。莫洛停了下来，面对了那被受不尽的折磨的记忆所吓怕了而向莫洛谄媚的家伙望着。“是那一个?”莫洛用了雷似的声音重复了一遍。

“那一个破坏了法律就是魔鬼!”那个法律的宣诵者背了出来。

莫洛钉了豹人的眼睛望，好像要将它身体里的灵魂抽出来似的。

“那一个要是破坏了法律——”莫洛说，眼睛放开了那个谄媚的家伙，而转向了我们。我听出来他的声音里带着喜悦。“——就回到地狱里去。”大伙儿随着一起嚷：“回到地狱里去，嗽，老爷！”

“回到地狱里去——回到地狱里去，”猿人也照样哼哼，就好像这句子对它满有甜味。

“你听见了没有？”莫洛说，又回身对准了罪人，“我的朋友……哈啰！”

那个豹人，逃开了莫洛的眼睛以后，就直站了起来，现在是眼睛冒火，凶恶的长牙从弯曲的嘴唇下面露出，向那个折磨它的人奔了来。我很明白只有不能忍受的恐惧所造成的疯狂才是造成它的攻击的因素。围了我们的整个圈子里面大约六十数目的兽类好像都站了起来。我拔出了我的手枪。他们两个已经冲突起来了。我看见莫洛在豹人的一击之下向后面摇摇欲倒。四围起了一阵愤怒的呼号。每一个都在迅速地转动着。我当时判断这准无疑是一种暴动。

豹人的愤怒的面影和我打了一个照面，曼林紧紧地跟随着。我看见虎豕的黄眼睛露着激动的光，看它的样子好像已经一半决定了向我冲过来。还有那个萨堤尔，从虎豕的耸起的肩部后面向我瞪视着。我听见了莫洛的枪声了，看见有一条红色的火光向暴动的一群里射去。整个的一群好像在向枪弹火光的方向回转，而我自己好像是受了吸引力也拥过去了。一秒钟以后我跑起来，成为这样一个骚乱叫嚣的群众中的一份子，向逃走的豹人追了过去。

这是我能确定的报告的全部事实了，我看见了豹人向莫洛袭击，接着是我周围的所有的东西都在转动着，一直等到我自己也夹在里面向前跑去。

曼林领着头，紧跟在逃亡者的后面。后面是女狐在大踏步地跟着追，它们的舌头都伸了出来。那个猪变成的家伙跟了跑，激动地尖声号着，再后面是绑了白绷带的两个人牛。莫洛被一群野人围了向前赶，他的阔边草帽给吹掉了，手里拿着枪，纤长的白发临风飘荡。虎豕亦步亦趋地在我旁边跑着，它的狡猾的眼睛不时向我偷偷地望着，其余的都随在我们后面大踏步地叫喊着跟着。

豹人向长长的竹林里钻了进去，被分开的竹子向后弹来，正打在曼林的脸上。在后面的我们赶到竹林前面时看见已经给我们践踏出来一条道路。追赶着的行列在竹林中拖了大约四分之一里长短，我们钻进了前面的一片浓密的林子以后，行进被延缓了。虽然我们还是成群地走了进去，树叶弹在我们的脸上，长长的蔓草不是缠住了我们的脖子，就绊住了我们的脚跟，荆棘的尖刺穿进衣服钩住了肉。

“他是爬进这里面去的。”在我们紧前面的莫洛喘息着说。

“没有人能逃掉的。”狼熊说，为了追捕而高兴，它朝我笑着。

我们又在乱石堆中前进了，发现了我们所追赶着的东西就在前面，轻轻地爬着跑，回头向我们嗅着。狼变的家伙看见了这个快乐得大叫起来。这家伙还穿着衣裳，并且，隔了一段距离，它的脸部看来还像一个人，可是看看它那四肢的动作却是异常狡猾的，而它那贼头贼脑的下垂的肩部却无疑地是一个被追猎着的野兽。它跳过了一堆带刺的有黄花的矮灌木，隐藏起来了。曼林跑到了半路的地方。

我们之中一大半已经不能保持开始追赶时的速度，跨起平稳的阔步来。我们穿过空地时，我看见追赶的队伍已经由纵队变成了一条线。虎豕仍旧紧跟着我，一面跑一面注意着我，不时粗声地笑着，皱起了鼻子和嘴。

跑到了石滩边上的豹人，它正向伸展出去的海峡逃生，这就是我来到这里第一天夜里它追赶我的那个海峡，绕进矮灌木丛里面去。可是孟高梅立却看穿了它的这个企图，仍旧将它赶了回来。

就是这样，喘息着，在石块里面乱转，被荆棘刺着，给羊齿草所阻碍，我协助追捕那个破坏了法律的豹人，虎豕一面跑一面在我旁边狞笑着。我摇摆着向前，头晕晕的，我的心在向肋骨撞着，疲倦得要死，可是还是不敢放松地注意着行列，否则就会落了队。不顾无已的疲劳和热带下午的酷热，我还是蹒跚着前进。

末了，狩猎的热狂松弛了。我们已经将这个恶魔赶到岛的一个角落里去。莫洛，手里拿着鞭子，指挥了我们走成一条不规则的行列，我们现在慢慢地前进，一面走一面彼此高声说笑，同时将对我们的猎物的包围线紧缩起来。它潜伏着，无声无影，藏在那天晚上我从它的追赶中逃掉的那堆矮灌木丛中。

“别动!”莫洛喊,“别动!”当队伍的末梢绕过了草丛,将那家伙围了起来的时候。

“小心他突围!”从丛树后面传来了孟高梅立的声音。

我是站在灌木丛上面的斜坡上。莫洛和孟高梅立在下面的岸上搜寻着。我们在枝叶交织的网里慢慢地推进,这家伙是一声也不响的。

“回到地狱里去,地狱里,地狱里!”猿人在喊着,在右面二十码的地方。

当我听见了那个以后,我宽恕了这可怜的家伙和它传给我的所有的恐惧。

我听见了犀马在我右面沉重地走,树枝折断与划过空中的响声。突然间,在绿色丛中,茂密的草叶下面半暗的阴影中,我看见了我们所欲猎取的东西。我停了下来。它尽可能地缩成了一堆,它的发亮的绿眼睛从它的肩部上面向我望着。

这在我或是一种矛盾——我不能解释这事——可是现在,我看见了它是完全一个兽类的形态,它眼睛里闪着光,它的不完整的人的脸孔为恐怖改变了样子,我再度明白了它的具有人性的事实。再过一会,其余的追猎者都会看到它了,它一定无法抗拒而被捕,要在那地方又尝受可怕的折磨了。我冒然地掏出了我的手枪,瞄准了它的一对为恐怖所打击了的眼睛的中间,开了枪。

当我这样做时虎豕看见了它,一声急叫全身扑了上去,将它的渴血的尖牙咬进它的脖子里面去。野人们都一齐拥了来,我四周的树木的浓密的枝叶被挤得摇摆着发出枝干折裂的声音来。一个接着一个的面孔探露了出来。

“不要弄死它，卜伦狄克!”莫洛喊着，“不要弄死它!“我看见他在弯着身子从高大的凤尾草的根部钻过来。

他立刻用鞭子将虎豕打开了，他和孟高梅立都想将这批受了惊的食肉的野人们，尤其是曼林，从那依然颤动着的躯体旁边赶了开去。那个遍身生毛的灰东西从我的手臂下面钻过来对着尸体嗅着。其余的兽类们，在它们的兽类的热情鼓涌之下，都向我挤了来想靠近看得清楚些。

“该死，卜伦狄克，”莫洛说，“我是要活捉它的。”

“我很抱歉，”我说，虽然实际上并不如此，“这是当时的一时冲动。”我在一番努力与激动之后觉得有些难过。我转身，在拥挤着的野人中间分出一条路来，单独走上了通到岬面高处的坡上去。我听见莫洛高喊着指挥了那三个缠了白布的牛人开始将尸体拉向水里去了。

现在我是单独一人，倒也觉得平安。野人们表现出一种对尸体十分人性的好奇心来。当牛人将尸体向海边拉去时，它们一大群跟在后面，一面向它嗅着一面嘴里喃喃地说着什么。我走到了岬顶，看着那三个牛人，在黄昏天空中它们的影子是黑黑的，它们将沉重的死尸弃到海里去，还有，在这个岛上的生物的不可言说的无目的的生活的实感，像一阵海波一般，在我的头脑中涌现了。在我下面的海边的乱石中间，猿人、虎豕和一些其它的野人们，围了孟高梅立与莫洛站在那里。它们全都异常激动，高声念诵，表示它们对法律的忠诚。可是照我自己的想法，毫无疑问，虎豕对兔的被杀是涉有嫌疑的。我忽然有一种奇怪的念头，除去线条的粗重，外形的可笑，这儿在我面前的是整个的人生的对照的小规模的再现，本能、理智与命运的完整的交互作用表现在一种极简单的形式之中。而豹人只是命该如此的倒了霉，而这就是分别的所在了。

可怜的野人！我开始看出来莫洛的残酷的可鄙的一面。以前我不曾想过这些可怜的东西经过了莫洛的手以后所得到的痛苦与烦恼。那些天我只是因为现实的折磨而战栗。现在看来，这却是无关紧要的了。在以前它们是野兽的时候，它们的本性与环境十分和谐，过着生物所能有的快乐的生活。现在它们却被拘束在人类的枷锁里面，生活在永不消逝的恐惧之中，为它们所不能懂的法律所烦扰；它们的伪装人类的存在在一种极度痛苦之中开始，是一种长期的内部的缠绕，对莫洛的一种长期的恐惧——又是为了什么呢？就是这种悖理的现象使我激动不宁了。

如果莫洛真有过些微的理性的目的我也可以对他有一点点同情。我对痛苦的观念并不是那么的固执。如果他的动机是出于仇恨我也许能稍为原谅他一点。可是他是那样的不负责任，极度的无情。他的好奇心，他的狂妄，无目标的研究，驱使他前进，使这些东西堕入一年左右的痛苦的生活，困扰，盲目摸索，受苦；最后痛苦地死去。它们本身就够悲惨了，固有的兽类的仇恨使它们彼此之间发生纠纷，法律又将它们从一种小小的激动和一种自然兽性的定命的结局中拉了回去。

在那些天里面，我的对野人们的恐怖转化为对莫洛的个人的畏惧。我一定是陷入了一种病态的情况之中，极严重而又经久的，转为恐怖，在我的神经中留下了一种永远的烙印。我必须自白，当我看到这世界遭受着这个岛上的痛苦的纷乱时，我已经对它的健全清明失去了信心。一种黯淡的命运，一种空虚无情的机械方式，好像就剪裁构成了生存的网，而我，具有研究的热心的莫洛，贪爱饮酒的孟高梅立，这些野人和它们的本能与精神上的枷锁，在一连串无限错综的轮子下面，无情地必然地给扯碎弄毁了。但是这种情况并非立即同时发生的……我想我现在就提到这个不免有点太早了。

第十七章

过了不到六星期，我对莫洛的不为人知的实验除了深恶痛绝之外已经丧失了任何感情。我的惟一意图就是离开我这个创造者的意象所构成的可怕的漫画，回到可爱的良善的人群里去。我的同伴们，我就此分离了的，在我的记忆中开始形成一种牧歌似的特色和美丽。我和孟高梅立最初的交谊并未继续增进。他的长久与人群的隔绝，他的醉酒的隐恶，他对野人们的明显的同情，都玷污了他在我心目中的印象。有好几次我让他一个人走进它们中间。我尽可能避免和它们交往，我停留在海岸上的时间逐渐增多，寻找从未发现过的救命的航船，直等到有一天，一件可怕的灾祸降临了，给我的周围的一切换上了一种新面目。

这大约是在我登陆以后的第七八个星期——或许不那么久，我想，虽然我从未给自己添上计算时日的麻烦——这件灾难发生了。这是在一个清早发生的——我想大约是六点钟光景。我起身很早，已经吃过了早点，是给三个抬木头进围墙里来的野人吵醒的。

早餐以后我走到进门处站着点上了一根香烟享受清晨的

朝爽。突然莫洛从围墙角落里转出来向我问侯，他走过我的身边，我听见他在我后面开开了锁走进实验室去。那时我对这地方厌恶已极，感觉木然，在我听到美洲狮又在开始它苦难的一天的时候，简直无动于中。它看到了它的迫害者以后发出了一声尖叫，完全像一个盛怒的悍妇所做的一样。

这时又出了什么乱子。迄今为止我还不明白这事的真相。我听见后面发出了一声尖叫，什么东西跌了下来，一个转身，一个可怕的面影向我袭来，不是人也不是兽，凶狠而发赭色的脸上带了一条条红赤的伤痕，滴着殷红的血，没有眼帘的眼睛像要冒出火来。我挥起手膀掩护自己，不料它却一直冲了出去，使我的小臂折断了。这个壮大的、身上包扎着棉花、飘散了的绷带上染满了血迹的怪物一跳就从我身上跳了过去。我一直滚到了海滩上，想用我的折断的手臂支持着坐起来，可是没有成功。这时莫洛出现了，他的那厚重的脸部前额上流着血，显得更可怕了。他的一只手里拿着枪。他朝我一眼也不看，立刻赶去追美洲狮去了。

我试用另一只手支持着坐了起来。那个混身包缠着的东西在前面沿了海岸大踏步地逃去，莫洛在后面追着。她回回头，看见了他，突然用了加倍的速度，直向树丛跑去。她每一步都较他跨得大。我眼看着她跑进去了，莫洛斜次里跑过去拦她，向她放了一枪，可是并没有打中，而她却不见了。接着他也走进绿荫里去了。

我向他们凝视着，这时我觉得我的手臂上像火烧一般地痛了起来，我呻吟着倒了下去。孟高梅立穿好衣裳在门口出现了，他的手枪握在手里。

“我的老天爷，卜伦狄克!”他说，尚未发现我已经受了伤。“那个野兽溜掉了！拔出了墙上的镣梏。你看见他们了吗?”这时他看见了我握着我的手臂，猛然问我：“怎么回事?”

“我在门口处站着来着。”我说。

他走了近来握了我的手臂。“袖子上有血，”他说。把法兰绒内衣卷了起来，他把枪放在衣袋里，痛苦地检视我的手臂，扶了我进去。“你的手臂断了。”他说。接着，“老实告诉我这是怎么一回事——到底是怎么回事?”

我告诉了他我所看到的一切，断断续续地说给他听，不时夹杂着呻吟的声音，同时他熟练而敏捷地包扎了我的手臂。他将我的受伤的手从肩部吊了起来，站在后面向我望着，“好了，”他说。“现在呢?”他想了一想。他走了出去，将围墙的大门锁了起来。他离开了一会儿。

我只是关心着我的手臂。这次不幸好像只不过是在许多可怕的事里，又添上了一件而已。我坐在椅子上，并且我必须承认，从心底里咒骂这个岛。当孟高梅立重新出现时，我的手臂的木然的痛楚感觉早已变为燃烧似的发痛了。

他的脸十分苍白，他的下齿根较平时更为突出。“我没有听见也没有看见他一点什么，”他说，“我想他也许需要我救助。”他的毫无表情的眼睛瞪着我。“那是个非常壮健的野兽，”他说，“它只是一扭就把墙上的镣梏给挣掉了。”

他向窗口走去，又走到了门口，停下来转向我走来。“我得去找他，”他说，“我可以给你留下另一把手枪，也许你正用得着他的。”

他拿了枪来放在桌上靠近我的手的地方，随即出去了，给空气里留下了一种不安的感染。他走掉以后我没有坐得久，我拿了手枪走到门口去。

早晨是像死一般的沉静。没有一丝微风的打扰，海像是磨光的玻璃。天上没有云，海滨寂静无人。这一切的静寂给我一种压迫。

我吹了一下口哨，那哨声也消逝了。我又诅咒了，在那个早上这是第二次了。我走到了墙角注视着莫洛与孟高梅立走进去的绿树林。他们什么时候回来，又将怎样地回来呢？

这时在远处的海滩上出现了一个小小的灰色的野人，向水边跑去，开始泼起水来。我又踱回门口，再踱回墙角，这样我就像一个当值的哨兵一般开始踱来踱去了。一回我留神听见孟高梅立远远的喊叫，“咕呃，莫洛。”我的手臂不十分痛了，可是非常发烫。我发起烧来，口里发渴。我的影子变短了。我望着远处的人的身影，一直看到它走开。也许莫洛与孟高梅立永远不会回来了？有三个海岛为着海滩上的什么好东西开始争夺起来了。

这时我听见围墙后面远远地有一声枪响。经过了一个长时间的沉静之后又是一声枪响。接着是较近的一种呼号声。又是一度阴沉的寂静。我的不幸的预感使我苦恼起来。这时近处响了一枪。

我走到墙角，吓得很，我看见了孟高梅立，脸色绯红，头发蓬乱，裤子的膝盖处破了。他的脸上带了极度的惊恐。曼林跟在他后面无精打采地走着，曼林的下巴上沾了带着不祥的预感的赭色污点。

“他来了没有？”他说。

“莫洛吗？”我说，“没有。”

“我的天爷！”这个人是在喘息着，简直是在倒气。“走进去，”他说，抓住了我的手臂。“它们都疯了。它们全都要疯了。要弄出什么事来啾？我不知道。等我喘过气来再告诉你。那儿能找点白兰地来？”

他在我前面一跛一拐地走进房里坐在椅子上。曼林就在房外的过道上睡了下来，像一只狗一般地开始喘气。我替孟高梅立拿了点白兰地和水来。他坐着两眼向前直视，恢复了呼吸。过了一会他开始告诉我事实经过了。

他曾经顺了他们的去路走了一段儿。因为矮树丛经过了践踏残毁，所以开始时是很容易辨识的，路上还有从美洲狮身上撕下了的一些白绷带碎条，矮树灌木的叶子上不时有着血迹。就在我看见过野人饮水的河边石岩上，他找不到路了，就向西乱走，喊着莫洛的名字。曼林带了一把小斧头找了他来。关于美洲狮的事，曼林什么都不曾看到，他正在砍柴的时候听见了他的喊声。他们就一起叫喊着前进。两个野人从草丛里摸索了来向他们窥探，它们的奇形怪状和贼头贼脑使孟高梅立吃惊。他加以喝问，它们就像犯了罪似的逃去了。他不再喊了，又糊糊涂涂地走了一阵子，就决定了到小屋里去看看。

他发现峡谷里寂无一人。

恐怖每一秒钟在增加着，他开始向回走了。这时他遇见了那两个豕人，就是我初来之夜看到在跳舞的那两个，它们的嘴上沾满了血污，激动非常。它们分开了凤尾草走向前来，看到了他们时就带了一付狰狞的面目停了下来。他摇着鞭子发出响声，它们立即向他扑了来。从未有一个野人敢于如此。他放了一枪打穿了一个的头，曼林扑上了另外一个的身上，它们两个就扭在一起了。曼林将它压在身下，一口咬住了它的喉咙。当它被曼林捉住在挣扎时，孟高梅立也打了它一枪。后来他引曼林随他回来时还很费了一番手脚。

他们就赶回我这里来。在路上曼林曾经突然跑进树林，赶出了一个小型的猫人，也是沾了血污，脚上受了伤一拐一拐的。这家伙跑了一小段路以后就变成凶狠地预备同人拼命的样子，而孟高梅立——我想，是有点神经错乱了——用枪打死了它。

“这是怎样一仗子事?”我说。

他摇了摇头又去喝白兰地去了。

第十八章

我看到孟高梅立喝第三口白兰地的时候，就上去干涉了，他是老早已经超过了半醉了的。我跟他说这时候莫洛一定已经遭到了什么严重的意外，不然他该早已回来。而且，我们也应该明白这是怎样一回事了。孟高梅立还不大同意，后来终于承认。吃了一点东西以后，我们三个就一起出发了。

这可能是因为我当时有点神经紧张，不过即使是现在，在热带的午后走入闷热里面的事，对我还是有着非常而明确的印象的。曼林最先走出去，它耸着肩膀，左窥右看，奇怪的黑色的头部很快地转动着。它没有带着武器，它的斧头是在它与豕人交手的时候遗失了的。它现在只能用牙齿对付敌人了。孟高梅立拖着沉重的步子在后面跟着，两手放在袋里，垂了头；为了白兰地的关系，他对我有一种胡涂的郁怒的感情。我的左手臂给绷带吊着——还算幸运，这是我的左手——我用右手拿着枪。

我们选择了岛上的荒野的丛莽里的一条窄路，更向西北走去。突然间曼林停了下来，呆呆地注意着什么。孟高梅立几乎踩到它身上去，也停了下来，注意地谛听着。我们听见了有一阵脚步声与说话的声音穿过树林向我们逼了近来。

“他死了。”一个低沉的颤抖的声音说。

“他没有死，他没有死。”另外一个喃喃地说。

“我们看见的，我们看见的。”很多声音混在一起。

“哈——啰!”孟高梅立突然喊了一声，“哈啰，那儿!”

“该死!”我一边说一边握紧了我的手枪。

先是一阵沉寂，接着在树林里传出一阵悉索的声音，一会在这儿，又移到了那儿，随后探出了六个怪面孔，笼罩着奇怪的面色。曼林的喉咙里咆哮了一声。我看出了那个猿人——自然，我早已辨别出他的声音来了。——和另外两个东西，是属于孟高梅立的船上看见过的一群包了白布的东西之中的。和它们在一起的是那两个有斑点的野人，和那个可怕的阴险的念诵法律的灰人。它的灰发垂在脸上，浓密的灰睫毛，灰头发在前脑中间左右分垂，一个笨重的看不出脸的东西，有着奇怪的红眼睛，从绿色的氛围中奇怪地望着我们。

一时没有人说话。孟高梅立打起噎来了，“谁……说他死了!”

猿人像犯罪似的望了满身灰毛的家伙一眼。“他死了，”这个怪物说，“他们看见的。”

无论如何，这一群是并无可怕之处的。它们像是被吓得手足无措了。“他在那里?”孟高梅立问。

“那儿。”灰东西指了说。

“法律现在还存在不存在?”猿人问。“还是要这么着那么着的吗?他真的死了吗?”“法律还存在不存在?”一身是白的东西重复了一遍。“法律还存在吗，你这也有鞭子的人？他是死了的。”一身灰毛的东西说。它们全都站着注视着我们。

“卜伦狄克，”孟高梅立说，他的无神的眼睛转向了我。“他是死了——显然地。”

在他们说话的时候，我一直站在他的后面。我开始看出来他们是有着怎样一种看法了。我突然走到他前面，提高了声音：“守法的孩子们呀，”我说，“他并没有死啊。”

曼林的锐利的眼睛转过来向我望着。“他改变了样子——改变了体态，”我接下去说，“你们这一时还看不见他，他是……在那里。”我向上指着。——“在那里他可以注视着你们。你们看不见他。可是他却能看见你。敬畏法律罢。”

我斜了它们一眼。它们战栗地向后退了一步。“他是伟大的，他是好的。”猿人说，畏惧地穿过了上面的密密的树荫望着。

“还有那个东西呢？”我追问着。

“那个流着血，哭喊着跑的东西么——也死了。”那个灰东西说，仍旧对我含着敬意。

“那很好。”孟高梅立低低地说。

“也有着鞭子的人。”灰东西开始说。

“怎么样？”我说。

“说他是死了的。”

孟高梅立还是不十分了解我否认莫洛已死的用意。“他没有死，”他慢慢地说，“根本不曾死。并不比我这样子更像死。”

“有些人，”我说，“犯了法。他们是要死的。有几个已经死了。指点给我们他的衰老的身体躺在哪里，那他因为不再需要而蜕弃了的遗骸。”

“照这个方向走，你这个走进过海里去的人。”灰东西说。

由这六个引路，我们穿进丛莽，向西北走去。突然一阵呻吟，树枝间一阵悉索，一个小小的红色小人在我们身边叫了过去。后面紧紧追来了一个凶野的怪物，满身血污，一时收不住脚走进了我们一群中间。灰东西躲向了一边；曼林叫了一声扑上去，马上给撞开了。孟高梅立开了一枪不曾打中，低了头，扬起手来转身就跑。我开了枪，这怪物还是向前扑来，又开了一枪直打进了它的丑脸。一闪之间我不见了它的身子，它的脸却还是向前直冲。它放过了我，一把抓住了孟高梅立，在他身旁直倒下去，把孟高梅立也拖了倒在它的身上——它在做着濒死的挣扎。

我发现这里只剩下了我与曼林，那个尸体，和睡在地下的一个了。孟高梅立慢慢地爬了起来，迷惘地看着身旁血肉模糊的野人。这使他惊醒了一大半。他爬将起来。这时我又看见那个灰东西小心地从树林里走回来了。

“看，”我指了那个野人说，“法律不存在吗？这就是犯法的下场。”

它向尸体望了一下。“他开出致命的一枪。”它用它的沉重的声音说，重复着诵习程式中的一部份。

其余的也都围了拢来，望了一会儿。

最后我们走到了岛的西端。我们找到了美洲狮的被残毁了的遗体，它的肩骨给枪弹打碎了，更在前面二十码左近，我们终于找到了我们所寻求的。他在竹林中的一块被践踏了的地方俯伏着。一只手几乎已经从腕部断掉了，他的银白的头发上沾满了血迹。他的脑袋是给美洲狮的脚镣打碎了的。他身子下面的折断的竹子上染遍了血痕。他的手枪找不到了。孟高梅立将他的身子翻了转来。

七个野人帮着忙——因为他的身子很重——走走歇歇，我们把他抬回围墙里面。夜是暗黑的。有两次我们听见了叫喊着的看不见的东西从我们小小的队伍旁边走过，那个小小的红色动物也曾一度出现，望了一望逐即隐去。可是我们却再未遭受袭击。将近门处，那些野人离开了我们——曼林也随它们离去了。我们在里面上了锁，将莫洛的被残毁了的尸体抬进了天井，放在一堆木柴上面。

随后我们走进了试验室，将我们所看到的活在那里的生物一起弄掉。

第十九章

一切都舒齐了以后，我们洗洗干净，也吃了东西，孟高梅立和我走进了我的小房间，破天荒地严肃地讨论了我们现在的处境。这时已经将近午夜了。他十分清醒，可是精神上受了很大的扰乱。他曾奇怪地受着莫洛的个性的影响。我简直不能想像他会想到莫洛可能死去。这场灾难是在岛上度过十年以上单调的日子以后已经变成他的生性的一部份的他的习惯的一种突然的解体。他说着废话，答非所问，说来说去又转到了笼统的问题上去。

“这真是全世界唯一的傻子，”他说，“这是怎么弄的，整个一塌胡涂！我简直没有好好过过日子，我闹不清是从哪一天就开始了的。整整十六年给保姆和教师们好意地看管着，在伦敦过了五年，拼命研究着药物学——吃不好，住坏房子，穿破衣服，贫穷堕落——整个是错误——我从来不知道有好日子——后来就是跑到这个野人岛上来。在这里足足十年！这全是为了什么，卜伦狄克？难道我们就是小孩子吹的肥皂泡不成？”

应付这么一套胡言乱语可真要命。“我们现在应该考虑的事，”我说，“是怎样离开这个岛。”

“离开又有什么好处？我是一个被流放的人。我能走到什么地方去呢？一切对你当然都很好，卜伦狄克。可怜的老莫洛！我们不能让他的尸骨流落在这儿不管。就像这种样子……还有，野人里面比较好的那些又将怎样呢？”

“这些，”我说，“留在明天办。我曾经想过我们可以把木柴堆成火葬堆，把他的尸身——和那另一批东西……一起烧掉。这以后野人们又该怎么办呢？”

“我不知道。我想那些由野兽和畜牲所改造成功的东西早晚也得变得愚蠢的。我们不能大批的屠杀——成吗？我想你的慈悲的本性也会使你如此的罢？……可是，它们是要变的。它们一定得变。”

他这样没完没了地说下去，最后我真不能够忍耐了。“算了！”他冲了我的急性儿嚷了一声，“你看不出来我比你还尴尬？”他站了起来去拿白兰地了。“喝，”他说，转了回来，“你这个花言巧语的白脸的无神论者，喝罢。”

“我可不喝。”我说，静静地坐了望着照在黄色的石蜡光闪下面的他的脸。他喝得十分苦闷，唠叨个没完。我感到无比的厌烦。他情绪激动，对野人们和曼林加以辩护。曼林，如他所说，是曾经对他关心过的仅有的一个生物。突然间，他似乎又转了一个念头。

“我真该死！”他说着站了起来，一手抓住了白兰地瓶子。我灵机一动似乎明白了他的意向。“我不能让那个野兽喝酒！”我说，站起来面向了他。

“野兽!”他说,“你才是野兽。他像一个基督徒一样地喝他的酒。让开,卜伦狄克。”

“看在老天的面上。”我说。

“滚……开去。”他吼了起来,猛地抽出了手枪。

“很好。”我说,站在一边去,当他的手放到门闩上去的时候,我颇想扑到他身上去,可是一想到我的一只没有用的手,这念头就打消了。“你自己也变成野兽了。你现在可以走到野兽堆里去了。”

他开了门站在过道里,侧脸向着我,在晕黄的灯光和凉白的月光中间,他的眼窝在他的短粗的眉毛下面是一团黑。“你是一个假正经,卜伦狄克,一个笨驴子!你总是害怕和幻想。我们现在是走到绝地了。我明天是不得不自刎了。今天晚上我可得高高兴兴地过一过。”

他转身走到月光下面去。“曼林,”他嚷起来,“曼林,老朋友!”

沿了黑暗的海岸边上走来了三个浴着银光的隐约的影子,其中之一是缠了白布的,其余两个黑影子随后跟着。它们停下来,望着。这时我又看见了曼林的耸起了的肩部,它刚从房子的角上转过来。

“喝罢,”孟高梅立喊,“喝罢,你们这些野人!喝罢,变成人罢。混帐。我才是最聪明的呢。莫洛就忘记了这个。这是最后一着了。喝罢,我跟你说。”酒瓶在他的手里挥舞着,他踏着快步走向西去,曼林的位置就在他与跟着他的三个动物之间。

我走到门口去。在孟高梅立站定之前，他们的影子在银白色的迷离的月光下早已分不清楚了。我看见他倒了一大钟白兰地给了曼林，还看见它们五个挤作了一堆。“唱罢，”我听见孟高梅立在嚷，“一起来唱，打倒老卜伦狄克……对了。现在，再来一遍，打倒老卜伦狄克。”

这黑黑的一堆分开来成为五个独立的影子，沿着照了月光的堤岸渐渐离我而去。每一个都一边走一边叫着它心爱的愿望，都是咒骂我的，或是喊着由白兰地引起来的别样新的灵感发泄。

忽然我听见了孟高梅立在远处喊：“向右转！”这样，它们就带着喊叫的声音没入向陆地开展着的树林阴影里去了。慢慢地，十分缓慢地，没入了寂静之中。

夜色又恢复了平静。这时月亮从中天逐渐西坠。月亮正圆，十分皎洁，在碧蓝而空阔的天空中转动着。从我的脚边拖出了一码左右宽窄的黑黑的墙影。在东面海是一片灰，阴暗而神秘，在海面与暗影中间，灰色的沙滩（全是火山溶岩的晶石）闪闪发光，有如一条宝石做成的堤岸。在我后面，石蜡灯发出淡红而微热的光来。

我关上了门，上了锁，走进了屋子，莫洛和他的最近的试验的牺牲物就躺在那儿。——那是猎犬和骆马，还有一些别的包扎着的野兽——他的臃肿的脸，即使是在他恐怖地死去以后依然显着沉着，两只倔强的眼睛依旧圆圆地睁着，瞪向天空的死白的月亮。我坐在沟边，望着阴森而惨白的月光和神秘的阴影，开始在脑子里打主意了。

明天一早，我得在小艇上储藏一批食物，等我将前面的柴堆点燃以后，还要再向荒凉的海边去一次。我觉得孟高梅立是已经无可救药了的，他实实在在的是与这批兽类有些近似的，与人类无缘。我不知道我坐在那儿想了多久，这大约总有一小时左右罢。后来我又转而计划重新争取孟高梅立做我的患难相依的朋友。我听见从许多喉咙里发出的一阵喊声，一阵力竭声嘶的吵声，渐向海滨而去，喊嚷带了激叫，好像一直喊到了海边才停下来。喧嚣的声音忽高忽低，我又听见了沉重的敲击和斫木头的声音，可是在当时我倒并不感到怎样。一阵不协和的歌声起来了。

我的念头又转到了逃亡的工具上来。我站起来，拿了灯，走进一间小屋去检查我记得放在那里的一些小桶子。我很高兴又发现了一些饼干箱，就打开了一只，眼角外面红光闪烁，我又看见了什么东西，很快地转了过去。

我后面就是庭院，在月光下面显得黑白分明，在一堆柴上面，莫洛和为他所残害的野兽们堆在一起。他们的样子就好像是在做最后一次复仇的决斗一样。他的伤口裂处像夜色一般的发黑，他的血在沙堆上是一片黑。接着，我胡里胡涂地发现了我所看见的光闪的原由，一个红影子跳跳蹦蹦地转到对面的墙上去了。我误认这是我的摇摆着的灯的影子，随后就又走到小屋里去了。我尽了一个独手的人的能力来检查东西，一件件地寻找出合用的东西来，堆在一边预备明天放到船上去。我的动作是迟缓的，时间却过得很快。一转眼天已经亮了。

歌声隐下去，代之而起的是一阵喧嚣，歌声又起，突然间变为一片鼓噪。我听见有人在喊“再来，再来!”像吵架似的一种喊声，以后就是一声野性的尖叫。声音的变化的急剧使我注意起来。我走到院子里去细听。这时，像刀斩乱麻似的，响了一枪。

我马上穿过我的房间跑到入门处的窄道上去。当我跑的时候我听见身后一堆箱子滚了下来碰在一起，在小屋的地板上有玻璃碰碎的响声。但是我并未注意及此。我打开了门向外望去。

堤岸上船库旁边燃起了一堆大焰火，火星向破晓的迷濛的曙光中喷着。围了焰火有一大堆黑影子在争扭着。我听见孟高梅立在喊我的名字。我马上向焰火跑去，手枪握在手里。我看见孟高梅立的枪吐出一次火舌，紧靠了地面。他倒在地上了。我尽力呼喊向空中放着枪。

我听见有人在喊“这是老爷!”扭成一起的黑影子分散开来变成一小堆一小堆了。火光跳跃着隐了下来。兽群在我前面散开向海滩逃去。我激动得很，向他们逃进丛莽的背影开了枪。以后就向了地面上的黑黑的一堆走去。

孟高梅立躺在地上，一身灰毛的东西扭住了他的身子。这东西已经死了，可是它的弯曲的指甲还抓着孟高梅立的咽喉。曼林俯伏在一边，一动不动，他的脖子被咬开了，他手里还抓着碎了的白兰地酒瓶的颈部。靠近火堆还躺着另外两个东西，一个不动，另一个发着间歇的呻吟，头部不时缓慢地向上抬，随即又落下来。

我抓住了那个灰东西，将它拉开了孟高梅立的身子，当我拉它的时候，它的手将撕破的外衣一起带了下来。

孟高梅立脸上发黑，呼吸微弱。我把海水浇在他的脸上，将自己的外衣卷起来垫在他的头下面。曼林已经死了。火堆旁边躺着的受了伤的东西——这是一个狼人，有着一个灰色的毛脸——的上身睡在仍在燃烧着的木块上。这个可怜的东西受伤惨重，我发了善心，立刻击碎了它的脑壳。另外一个是扎了白布的人里面的一个。它，也是死了的。

其余的野人都从海滩上逃掉了。我又走到孟高梅立的身旁，在他旁边跪下，我诅咒着我自己对医药的无知。

我身边的焰火熄了下去，只有在中部的烧焦了的木头还燃着，搀杂了一堆烬余的木灰。我不明白孟高梅立从哪里弄到了这些木头。这时天已大明。天空亮了起来，在破晓的蓝天里下沉的月亮变得苍白而朦胧了。东方的远天镶了一缕红霞。

这时我听见身后砰然一响，又有着嗞嗞的声音，回身一看，吓得我叫了一声跳了起来。在远天的晓色中，我们的围墙里喷出了大股的黑烟，黑烟之中冒起了血红的火舌。茅屋顶也燃着了。我看见那下垂的茅草上燃满了火焰。从我的房子的窗子里也喷出了火来。

我立刻明白了这是怎样一回事了。我记起了我曾经听见过的一声碰响。我跑出来救孟高梅立的时候打翻了灯。

照在我脸上的火光明白地显示已经不可能抢救围墙里面的任何物品了。我又想起了我的逃走的计划，一转身，我向系了两只小船的海滩边上看去。船没有了！在我身边的沙滩上放着两把斧头，四围堆满了木屑，在晓光中，火焰的余灰变成黑色的了。他烧掉了这两只船做为向我的报复，阻止了我们的重返人间。

一阵激怒摇撼着我。他无助地躺在我的身边，我几乎想打穿他的愚蠢的脑袋。他的手突然动了起来，如此微弱而可怜，使我的愤怒消失了。他呻吟着，眼睛睁了一霎。

我跪在他的身边抬起了他的脑袋。他又睁开了眼睛，静静地望着晓色，又转过来和我四目相视了。眼泪落了下去，“对不起，”他突然拼命挣出了一句话。看来他好像是想努力思索。“结末，”他喃喃地说，“这个愚蠢的宇宙的结末。多糟啊——”

我仔细听，他的头衰弱地垂向了一边。我想有点酒或者可以救醒他。可是这里既没有酒也没有盛酒的傢伙。突然间他像是更严重了。我的心也冷下去了。

我弯下身来看着他的脸，把手放进他的工装的裂口里去。他死了，正当他死去的时候，一般白色的热气，太阳的光芒，在海湾尽处的东方升起，在天空中散布了阳光，暗黑的海面被照耀得成为一片光闪的辉耀。这照在他的痉挛的死脸上有如一片荣光。

我让他的脑袋轻轻地落到我为他胡乱预备的枕头上，随即站了起来。我的前面是闪烁着的荒凉的大海，我已经受尽了苦痛的可怕的寂寞；在我的后面就是那个岛，在黎明中显得颇安静，岛上的野人寂然不见。围墙里面的给养弹药燃烧着，火舌吐出，还夹杂了间歇的爆声，不时响一下炸声。浓烟上升，使我看不见了海滩，低低地从远处的树顶上飘过，一直飘到峡谷中的茅屋那里。在我身旁的是木船的烧焦了的灰烬和五个尸体。

这时从莽中出来了三个野人，都耸着肩膀，伸着脖子，怪样的手可怕地握着，多疑的含了敌意的眼睛，欲进又却地向我走来。

第二十章

我对着这一批东西，赤手空拳听天由命——不折不扣地是“赤手空拳”，因为我的一只手臂是折了的。在我的袋里是一支左轮和两个空空的弹夹。在海滩上的木屑堆中扔着两把斧头，这就是曾经用来斫碎了那两只船的。我后面的潮水向海滩上冲激着。

在这种情况之下，除了提起勇气之外，别无他法。我直视着这些走向前来的怪物们。它们逃避着我的眼睛，它们的掀动着的鼻孔嗅着躺在我上边的滩上的尸体。我迈了五六步，将压在人狼身上沾满了血污的鞭子拉出来，抽了一下。

它们止步向我望着。“敬礼，”我说，“鞠躬！”

它们踌躇着。有一个曲下了膝。我又重复了一次我的口令，心提到了口边，走向了它们。有一个跪下，另外又有两个也跟着跪下了。

我转身走向了那些死尸，脸还向着那三个下跪的野人，很像一个演员面向着他的观众在舞台上面走过。

“它们破坏了法律，”我说，一只脚踏在那个法律宣诵者的身上，“它们都给杀掉了。就是这个法律宣诵者也不免。即使另外的有鞭子的人也不免。法律是伟大的！走上来看看明白。”

“没有人能逃掉的，”它们之中的一个说，走向前来看着。

“没有人能逃掉的，”我说，“那么就该听我的命令照着做。”它们立了起来。彼此对视，满腹疑团。

“就站在那里。”我说。我拾起了那两只斧子，将斧头挂在我的吊带上面，把孟高梅立翻了个身，拾起了他的手枪，每只枪膛里都还上满了子弹，再弯下腰去搜查，在他的袋里找到了六只子弹夹。

“来抬他，”我说，站直了用鞭子指着，“将他抬出去，扔到海里去。”

它们走向前来，显然对孟高梅立还存着畏惧，可是更怕着我的殷红的鞭子。而且，毛手毛脚经过了一阵踌躇，也受了一阵呵斥和鞭子的响声的威胁，大着胆将他抬起来了，抬着走下海滩去，趟着发了光闪的海水走下去。“再走，”我说，“再走！——将他抬得远远的。”

他们一直走到海水浸到了腋下，停下来望着我。“放手罢，”我说，海波一涌，孟高梅立的尸首不见了。我的胸口好像给什么东西束得紧紧的。“好，”我说，我的声音断了一下，它们都回来了，害怕地赶回来，一直跑到水边，在银白的水面上留下了一条长长的黑色的痕迹。它们在水边停下来，回身向海水中间望着，好像真觉得孟高梅立要从水里爬起来报复似的。

“现在轮到这些了。”我说，指着其余的尸体。

它们小心着避免走近扔孟高梅立下水的地方，抬了四个野人的尸首沿着海滩走了一百码左右，方才踏下海去扔掉了它们。

当我监视着它们处理曼林的重创过后的遗骸的时候，听见了背后有轻微的脚步声，猛一回身看见了巨大的狼豕就在十一二码外面。它低垂了头，闪亮的眼睛盯了我。两只笨手在身旁紧紧地握着。我转身的时候，它还保持了这种蹲伏着的姿式。它的眼睛稍稍躲开。

我们对望了一会儿。我扔下了鞭子抓住了袋里的枪。我是想要随便找个口实打死这个野兽的——它是岛上现存的野兽之中最可怕的一个。也许这是不合理的，但是我已经决定如此做了。我对它的畏惧远较其余两个野兽为甚。如果它还活下去，我知道，就是对我的生存的一种威胁。

我费了十二三秒钟的时间来振作自己，接着喊，“敬礼！鞠躬！”

它向我咧咧嘴露出了牙来咆哮了。“你是什么人，能让我……”

也许有点太激动了，我掏出了手枪，瞄准，很快地开了枪。我听见它叫了一声，从边上跑过去转了弯，我知道没有打中，用大拇指推上机钮，预备再打一枪。可是它早已向前跑去了，向左向右跳着，我却不敢再浪费子弹了。它不时回头向我窥望，它沿了沙滩一直跑去，隐没在正在燃烧着的围墙的浓烟里去了。我还对它追望了一会。我又回身向着那三个对我服贴的野人了，做了一个手势让它们将还抬在手里的尸体扔掉。我走回火堆旁边放尸首的地方，踢起了浮沙将地上的血迹掩了起来。

我摆了摆手解散了我的三个奴仆，沿着海滩走入树林里去。我的枪拿在手里，摇着鞭子，斧子挂在我的受伤的手臂的吊带上。我十分焦虑于我的孤单和现在所处的环境。

我现在只不过刚开始了解，这真是可怕的一件事，就是现在在这整个的岛上寻不出一个地方可以供我安全独处、休息、或睡觉的。自从登陆以后，我的体力已经意想不到地恢复了，可是我还是有着敏感的倾向，在一个大打击以后随时都有病倒的可能。我想我应当走遍全岛，使我自己与野人之间建立一种关系，获得它们的信赖来保证自己的安全。可是我的怯弱的心使我不能这样去做。我又回到海滩上来，向东转走过了燃烧着的房子，走向了那个向礁石延展着的狭窄的珊瑚岬。在这儿我可以坐下来思索，背了海，可以准备任何意外的袭击。我在那里坐下，下颔靠在膝盖上，太阳光晒在我的头上，脑子里有一种逐渐增长的畏惧。计划着怎么打发时间等候救星的来临。（假设救星一旦真的会来。）我尽力镇静下来回想整个的经历，可是清除心中的悸动简直是不可能的。

我开始想孟高梅立的绝望的原因。“它们要变的，”他说，“它们一定得变。”还有莫洛——莫洛曾经讲了些什么？“顽强的兽性又一天天的增长了回来……”我又想到了狼豕，我愈想愈确定如果不杀了它，它总有一天要害死我的。那个法律的宣诵者死了——运气真坏！……现在它们明白了，我们这些有鞭子的人也可能被杀死，就跟它们自己一样地被杀死。……

它们是不是早已在那些丛莽棕榈树的绿色屏蔽后面向我窥伺着了——等候着我走近了，它们一跃就会扑到我的身上呢。它们是不是在打着收拾我的主意？那个狼豕曾经对它们讲了些什么？我的想像跟了我跑到一片幻想的恐怖里去了。

我的思路为一阵海鸟的鸣声所扰乱了，那些鸟是因为看见了在近港口处给海浪浮了上来的黑东西才赶了去的。我明明知道那黑东西是什么，可是没有心走回去将它们赶开。我开始在海岸上向相反的方向走去，想转到岛的东面的角里去，这样我就可以走到小屋所在的峡谷里去，而且可以避免经过树林中了埋伏。

沿着沙滩走了半里左右，我觉得我的三个野人中之一穿出林莽向我走来。这时我给自己的幻想弄得异常敏感，马上就拔出了手枪。即使那东西是多么的恭顺，也不曾使我安心的放下手枪来。

当它将要走近来时却迟疑了。“走开。”我喊。那个东西的畏缩顺伏的神情很像一只狗。好像一只狗被赶回家去一般，它倒退了一段路，又停了下来，用它的狗一样的棕色的眼睛向我乞怜。“走开，”我说，“别靠近我。”

“我不能靠近你吗？”它说。

“不，走开。”我坚持着，摇了一下鞭子。随后，我用牙齿咬着了鞭子，我弯下身去拾起了一块石头，将这东西吓跑了。

这样，孤独无伴，我在野人峡谷外绕着圈子，隐伏在峡口与大海中间的深草里面，我窥查着可能走出来的野人们，判断着它们的姿态与神情，看看莫洛与孟高梅立的死和那个苦痛制造所的被烧毁对它们有怎样的影响。现在我明白了我的怯弱的愚蠢。我要是能够把勇气提得高高的，要是我能够在孤寂的情绪下不让它消失掉，我很可能把握住莫洛的那点虚幻的尊严，来统治这些野人了。但是我竟失去了这个机会，我降级成为自己的喽啰中的一个起码头脑了。

直至中午，它们之中有的出来蹲坐在暖和的沙滩上晒太阳了。饥渴交加克服了我的恐怖心理。我走出了草堆，手枪不离手，向这些坐着的东西走去。有一个，一个狼女，回过头来看着我，其余的也随着向我看了。没有一个打算起立向我致敬的。我觉得过于衰弱，担忧着不能对付这么多的一大批，我挨过了一会儿。

“我要食物。”我说。简直有点抱歉的样子了，走近了它们。

“在小屋里面有吃的东西的。”一个牛豕人懒懒地说，它的眼睛离开了我。

我经过它们身边又走进了那个荒谷的黑暗的阴影与奇怪的气味之中。在一间空屋里面，我找到了一些果子，当我在进口地方支上了一些发霉欲折的树枝木棍以后，把自己安置在面向了门口的地方，手按在枪上，过去三十小时里的疲倦一股脑儿发泄了出来。我不由得假寐一下，凭信了我的自制的虚应故事的障碍物，如果有人去移动它，必然会发出响声，使我惊醒，而获得安全。

第二十一章

这样，我成为莫洛博士岛上的野人之中的一份子了。当我醒来的时候，四面已经一片漆黑。我的手臂在绷带里面发着痛。我坐起来，起初奇怪着我究竟是到了什么地方。我听见外面有人在嘎声地谈话。继而一看，我的障碍物已经不复存在，小屋的进口处也已经清除了。我的手枪仍旧握在我的手中。

我听见有什么东西在喘息，发现它在我身边踡伏着。我屏息试看这是个什么东西。它开始慢慢地不停地转动着。有什么柔软温暖而潮湿的东西爬过了我的手背。

我全身的肌肉紧缩了一下。我将手抽开去。我吃了一惊以后刚要呼喊却又咽在我的喉咙里了。这时我明白了事态的严重，我的手不得不扣在枪机上了。

“谁?”我用了一种压低的嘎声说，手枪仍旧瞄着它。

“是我，老爷!”

“你是谁?”

“他们说现在已经没有老爷了。可是我明白，我是明白的。把那些尸首扔到海里去的是我，啾，你这个海里走路的人，就是你弄死了的那些东西的尸首。我是您的奴仆，老爷。”

“你就是我在海滩上遇到的那个？”我问。

“就是，老爷。”

这东西无疑是非常忠实的，否则当我睡着了的时候它可能早就扑到我的身上来了。“这很好，”我说，伸出了手预备再给它舔一下。我开始明白它的出现的意义了，我的勇气又涌起来。“其余的都在哪里？”我问。

“它们都疯狂了。它们都是傻子，”这个犬人说。“直到现在它们还在那边聚议。它们说，‘老爷已经死了，另外的那个有鞭子的人也死了。至于那个海里走路的人——是跟我们一样的。我们从此再没有老爷、鞭子和地狱了。这些到底都完了。我们都喜欢法律，也都愿意保存它，可是再也不会有痛苦，再不怕老爷的鞭子了。’它们这样说着。可是我明白，老爷，我是明白的。”

我在黑暗中摸索到了犬人的头，拍了拍它，“这很好。”我又说了一次。

“你就要把它们全部杀掉的罢？”犬人说。

“马上就要，”我回答，“我得将它们全部杀掉——得过几天，发生了什么事的时候。除了你所爱惜的，全部都得杀掉。”

“老爷要杀谁就杀谁。”犬人有一点洋洋自得地说。

“它们还得造孽下去的，”我说，“让它们胡里胡涂一直到恶贯满盈的时候再讲。别让他们知道我就是老爷。”

“老爷的主意真好。”犬人说，带着它那种乖乖的狗神情。

“可是无论谁犯了罪，”我说，“当我碰到了的时候，我就得杀了它。什么时候我跟你说，‘就是它，’你就得扑上去。——现在我得到那集合好了的男人女人们那里去了。”

小屋的进口处给犬人遮得暗了好一会。我跟了它，站了起来，正好站在我听见莫洛与他的猎犬追我的那一次的地方。但是现在是晚上，四围的迷雾腾腾的峡谷一片黑，远处已经不是布满了阳光的绿色斜坡了，我看见有一堆红红的焰火，前面有一些臃肿的怪物在走来走去。再前面就是浓密的森林，林木梢头镶上了一片暗黄的颜色。月亮刚好升到峡谷的边缘，从岛上的火山喷口经常喷着的烟雾高高飘起，好像给月亮脸上横抹了一条黑线。

“靠在我的边上走。”我说，一面鼓励着自己，我们相偎着走下了这条狭路，不去注意那些藏在小屋里面向我们窥视着的小东西。

在焰火旁边的那一群没有一个打算向我敬礼的。它们之中一大部分都装出了对我漠视的神情。我向四围看去，找那个狼豕，可是它却不在那儿。一起大约有二十个野人蹲伏着，向焰火望着，或是彼此之间谈着话。

“他死了，他死了，那个老爷是死掉了，”在我右面的猿人说，“地狱——没有什么地狱了。”

“他并没有死，”我大声地说，“就在现在他还看着我们呢。”

这使这们震动了。二十对眼睛都在向我望了。

“地狱没有了，”我说，“它会再来的。老爷你们是看不见的。可是就在这时他还在上面听着你们讲话。”

“真的，真的！”犬人说。

我说得这么确定使它们犹疑起来了。一个野兽也许可能非常凶残狡猾，可是说谎是只有真的人才会的。“那个手臂上绑了白布的人讲了一桩怪事。”野人里面有一个说。

“我告诉你事情是这样的，”我说，“老爷和地狱都要再回来的。谁要是破坏了法律谁就得倒霉！”

它们好奇地彼此对望着。我假装做毫不在意在用我的斧子斫着面前的地皮。我也注意到它们在看着我在草地上斫出来的深深的斧痕。

这时萨堤尔提出了一个问题，我回答了它，一个有着斑点的东西反驳了我的意见，接着在火焰边上就展开了一阵兽类的辩论。我愈来愈感到现在我是安全的了。开始时因为神经紧张，说话时弄得有些喘息不定，可是现在我已经可以心平气和地谈下去了。经过了一小时左右的谈话，我真止说服了兽类中的一部分，使它们相信我的主张是真实的，同时也将其余的兽类们说得犹豫起来。我特别注意着我的仇敌的那个狼豕，可是它却始终未曾出现。不时有一种疑虑的冲激使我震动，可是我的自信心却逐渐增强了。这时月影已经移过了中天，我的听众们一个个开始打起呵欠来（在将近熄灭的火光的照耀之下露出了它们的奇丑的牙来），一个个地退回到峡谷中的洞窟里去。而我，在黑暗寂静之中踏着步子，跟了它们一起走，我很明白，跟它们一群走比跟了一个走要安全的多。

在这种情形下面，我在莫洛博士岛上过了较长的一段寄居生活。从那一晚上起直到最后，除了一连串小小的不愉快，和一直不断的不舒服之外，只有一件事值得一提。因此，我不想对这一段生活详加记述，我只想提一下在我成为野人们的亲昵的朋友的十个月中间的唯一重要的事件。我的记忆里尽多可写之事，可是我宁愿尽力忘却它们。它们对我的讲述这事的经过并无帮助。在回忆里搜索我用了多短的时间就与怪物们混熟了同时也恢复了我的自信心的经历，使我感到异常奇怪。我曾经跟它们有过争吵，这是当然的，就是现在我还可以指出我身上的残留的牙齿印，可是它们很快地就对我的扔石子和弄斧头的技巧五体投地了。同时我的那个圣伯纳犬人的忠诚对我也有说不尽的好处。我发现它们对我尊敬的简单的尺度是根据了加诸它们的苦刑的轻重的。自然我可以这么说——我希望不是白废——在它们中间我是突出而优胜的。有一两个家伙，在好几次冲突中给我打得受伤颇重，是对我厌恶的。可是只有在我背后，在为我所投掷不及的安全距离外面，它们才敢冒险对我做做鬼脸。

狼豕躲避着我，而我也时时防备着它。跟我寸步不离的犬人对它也恨得厉害怕得厉害。我真正相信这就是这个野人对我依依不舍的根本原因。我很快就证实了那个怪物是尝了血的味道而走上了与豹人相同的路的。它在森林中间的什么地方隐伏着，变成了一个孤独者。我曾经一度想引了野人们去搜捕它，可是我却没有使它们合作出动的权威。曾有不少次，我尝试进逼它的洞窟，出其不意地碰到它，可是它总是对我警觉着的，只要一看到或嗅到了我就绕弯逃去了。同时它又在每一座森林中的小道里都埋伏下了障碍物，给我和我的同路者带来了危险。那犬人简直不敢离开我身边一步。

在第一个月前后，这些野人的态度比起后期来已经算是很有人性的了。而且除了我的朋友犬人以外，还有一两个使我颇有友朋之感。那个小小的淡红色动物对我有一种奇怪的感情，每天追随在我的身边。那个猴人一向是很惹厌的。根据了它的手也有五指的这一点，它就自认与我是同一族类的了，一天到晚在我耳边絮聒，说着一些分明是毫无意义的物事。它有一样本领使我稍感兴趣，即是它对创造新字的一点不可思议的能耐。我相信，它有这样一种想头：谈话的正当用途即是在将无意义的名词凑了来乱讲一通。它称之为“伟大的思想”，用来与“渺小的思想”相对照。——所谓“渺小的思想”即指日常生活的平凡的关注而言。有时我的话中有一点使它不解的地方，它就大为看重，请求我重复说一遍，用心记住，走出去念诵，不时在句子中间出一两个小错误，简直表现出全部的野人的温顺性格。它从来不想到明白而易通晓的事情。我发明了一些极为巧妙的所谓“伟大的思想”供它专用。我现在想它该是我所遇到过的最愚笨的生物了，它在一种最奇怪的方式之下发扬了人类的特殊的愚蠢，同时却一点也不曾失掉猴子的天生的呆笨。

以上所说的种种是我在兽群中度过的最初的几个星期单调生活的情形。那一段日子中它们对法律的种种运用还加以尊重，举止也都还有礼貌。有一次我发现了另一只被撕成碎块的兔子——我相信这一定是狼豕做的事——但也就仅只是这么一次。那大约是在五月中我发觉它们的言语行动开始渐渐地变了，说话时音节之间变得粗粝了，说话也渐不中听。我的猿人的讲话音量增多了，可是却愈来愈不易通晓，举止愈来愈近于猿猴了。还有另外的一些也全都把握不住它们的谈话，虽然当时它们对我所说的话还能了解。你能不能想像得到，语言最初是爽利的确实的，随后渐趋嗫嚅，失去了外形与内部的含义，重新又变为一堆声音的混揉？甚至它们对于直身行走都逐渐觉得困难起来。它们虽然自己感到确实是很难为情的，我还不时可以碰到一两个手足并用的在地上爬，简直不可能恢复直立的原状。它们做起事来变得更笨手笨脚了；喝水时吸着，吃东西时啮着，这情形日复一日更趋普遍。对莫洛曾经告诉过我关于“顽强的兽性”的那些话，我体验得较以前更亲切了。它们是在还原，很快地在还原着了。

还有一些——我很奇怪，领头的全是一些女的——慢慢对于礼制漠视起来——大部份是有意如此的。其余的甚至企图对一夫一妻的制度公然破坏。法律的传统显然已经失去了力量。我弄不懂这种不合理的事。不知不觉的我的犬人又变成了狗，它一天天的变得笨起来，变回四足动物，长起了毛。对于我的伴侣的变成一条伏在地上的狗的事我简直不曾注意。漫不经意与纪律荡然的情形与日俱增，居处的一带，本来即不可爱，现在就更使人觉得厌恶，于是我离开了它，在小岛的那一边莫洛的房舍的焦黑的废址中建立了我自己的树枝搭成的小屋。我觉得，野人们还留着一些在那儿吃苦的记忆，因而那地方在目前也还是最安全的所在。

想将这些怪物显露原形的经过一步步地仔细写出来是不可能的：它们是怎样一天天脱去了人类的形态；舍弃了包扎，终于到了最后连仅存的衣服也放弃了；裸露的肢体上怎样开始生遍了毛；怎样前额退化而面部突出。在我最初几个月的孤独生活中曾经对一部分野人有过相当的亲昵，这事在现在回忆起来也觉得异常可怕了。

这种变化是迟缓而不可避免的。变化的发生对它们和我自己都不曾产生突然的震撼。我在它们中间依旧来往自如平安无事，因为在这种倾向里面，虽然兽性的成分日益增添代替了人性，可是终于不曾有过一次意外的震荡以致造成爆发而不可抑止的机会。可是我已经在开始担心着这种突变不久即将来临。我的圣伯纳野人跟着我到住处去，它巡逻警戒，使我偶尔在似乎安全的情况下睡眠。那个淡红色的小动物变得有些畏怯，离开了我，再度爬回树丛中间去过它的旧日的生涯去了。我们过着一种平稳的生活，就好像是住在马戏班主人展览了给大家参观的那些囚笼的“快乐之家”里，而马戏班主人是又离开远去永远不归了。

自然，这些野人并不曾变成那些读者曾经在动物园中看见过的野兽——原生的熊、狐、虎、牛、豕和猿猴。它们之中每一个还都保留了一些特点，莫洛在每一个野人身上都掺和了这个和那个野兽，也许有一个是用熊做底子的，另外一个就许是用猫用牛打底子的了。每个都掺杂了另外动物的成分——在它们各各不同的特点之外都有一种通常的兽性存在。而不时仍旧使我惊异的是一鳞片爪的人性的残留，也许有时突然会说起人话来，前足不意之间显示了不凡的熟练，一种直立而行的可怜的尝试。

我自己也一定是经历了奇异的变化的。我身上的衣服成了挂着的黄色的布条子，在那破口处露出了黄褐色的皮肤。我的头发生得很长，纠缠在一起。听人说起，现在我的眼睛里面还有着一种奇异的光彩，一种敏捷的警觉。

最初，白天的时间我大都消磨在南岸一带，在看有没有船，希望着祈祷着一只船。岁时将尽，我计算着吐根树号归来的日子，可是它终于不曾归来。有五次我看见了船的影子，有三次看见了烟，可是从来不曾有过什么接触过这个岛。我经常地准备好了一堆焰火，可是无疑的，人家都当作了熟知的岛上的火山喷烟。

大约是在九月或十月，我开始计划着造一只木筏了。那时我的手臂已经痊愈，两只手也都可以运用自如了。最初，我因为孤独无助而感到凄惶。我一生中从来不曾做过木工或是类似的工作，日复一日地我在树林中做斫伐束缚的练习。我没有绳子，无论在什么地方也找不到可以制造绳子的材料；那么多的野草，可是没有一种看来是柔软而同时还够坚韧的，即使用尽了我的一点点科学知识也想不出方法来改造它们使之合用。我在住居的余烬中和木船被毁的岸上辛苦搜寻了两个礼拜，想找到可用的小钉和其它的金属零件。不时有野人们向我注视，等我去叫它们时又跳开了。迅雷疾雨的风暴季节来临，使我的工作大大受了阻碍，可是最后木筏终于造成了。这使我异常高兴。可是总是不切实际的习惯害了我，我造船的地方离海有一里多远，在我还不曾将它拉到沙滩上的时候这东西就散成碎片了。也许还是因为我的一拉救了我自己。可是当时我对于这次失败的忧郁是如此严重，有好几天我简直恍恍惚惚的在海滩上面荡着，望着海水想到了死。

可是我并没有寻死，随后发生了一件意外使我觉悟让日子空空度过是不折不扣的愚蠢——因为每多过一天可能从野人那里发生的危险也就多增加一分。那一天我正在房舍的遗迹上的墙阴里躺着望海，我觉得有什么冷冷的东西触了我的脚跟一下，我转转身就发现了那个小小的迟缓的粉红色动物在望着我的脸。许久以来它即已丧失了说话和快速动作的能力，这个小东西的纤长的头发也一天天地浓起来，它的短粗的爪子也越长越斜了。当它发觉已经引起了我的注意的时候就发出了一阵呻吟，向树丛退却了一段，又回头望了我。

最初我还不能了解它的用意，后来突然悟出它是希望我能跟了它走，这个我终于照办了，慢慢地跟了它——因为天气特别热。它走到了树林的边缘就爬了进去，因为它在长草堆中走动是远较在平地上来得方便的。

突然在一片被践踏了的地域上我碰上了一堆可怖的东西。我的圣伯纳野人死在地上，靠近它的尸身蹲着的是那个狼豕，用着它那丑怪的畸形手爪抓着那颤抖着的肉，一面咬着一面还快活地叫着。当我走近了时，这怪物抬起了它的闪亮的眼睛对着我，它的嘴唇抖着退到沾了血污的牙齿后面去，向我恐吓地叫。这并非害怕，也不是愧悔的表示，人性最后的一点残余也都消褪了。我再前进了一步，停下来，拔出了我的手枪。最后我跟它是面对面了。

这野人并没有后退的意向。而且它的耳朵向后摆着，它的毛发竖立了起来，全身耸在一起。我瞄准了它的两眼之间就开了枪。这时这家伙直站起来一跳扑到我身上来，一下子我就给它扑倒了。它用了残废的手扼住了我，在我的脸上打。它这一跳从我身上翻了过去。我给压在了它的后身下面，幸运的是我那一枪命中了，它在跳跃的时候就死去了。我从它的沉重污秽的身子下面爬了出来，颤抖着爬了起来，瞪着它的发抖的尸身。灾难总算度过了。不过这个，我知道，不过是一连串免不掉的事件的开始而已。

我将这两具尸身在一堆炭火上面烧掉。这时，自然，我看得清清楚楚除非我离开这个岛，我的被害不过是时间问题而已。这时那些野兽除了一两个例外以外都离开了这峡谷，在岛上的林莽中按照它们自己的口味作成了窟穴。它们之中很少一部份在日里徘徊，大半是在睡觉，在一个新来者看来，这真正成为一个荒岛了；可是到了晚上，它们的嗥叫声弄得空气异常可怖。我颇想来一次屠杀——安设陷井或者用我的刀和它们搏斗。如果我有充足的弹药的话，我也可以不必对动手屠杀迟疑不决了。目前危险的野兽剩下来的已经不多，这里边最猛勇凶狠的大抵都已经死去了。在我的最后的朋友，这可怜的狗死掉以后，我也采取有限度的昼寝，这样在晚上我可以守夜。在房子的围墙中我又重新建立了我的小屋，那开口留得很窄，任何东西企图进入都得弄出相当的声响出来。这些动物又忘记了弄火的技术，并且恢复了对于火的畏惧。我再度斫集树枝木干，这一次几乎是发乎热情的了，制造我逃走用的木筏。

我碰到了无数的困难。我简直是个手脚最笨的人——我的就学期在不曾教到手工训练之前就已经终止了。——我试用了一些不同的粗笨的方法终于齐备了建造木筏所需的一大半要求，这一次我留心着木筏的坚牢。唯一的不可克服的困难是，我无法找到在无边的海洋里飘流时所需要的盛水的器皿。我曾经尝试使用陶器，可是这个岛上却没有陶土。我常常在岛上搜索，使尽了方法去解决这最后的困难问题。有时我大发脾气，在不可抑止的郁怒中斫坏了一些倒霉的树木。可是我终于想不出什么方法来。

有这么一天，了不起的一天，我兴奋狂欢了一整日。我看到了一艘向西南航行的船，小小的有如一只小帆船，我随即燃起了一大堆柴火，我自己就站在火堆旁边，在太阳和火焰的热气当中站着，望着它。我望了整整一天，不吃也不喝，因此弄得头目晕眩；那些野兽也都跑来向我注视，好像是觉得很奇怪，就又散去了。当夜色降临时这只小船好像还是很远，渐渐为夜色所吞食，看不见了。整整一夜我努力使焰火烧得明亮而高，在黑暗中闪着野兽们的眼睛，露着惊奇的神色。在破晓的时候，船驶得近了，我看见了这是一只小船的横帆。我的眼睛因为终夜守望而感疲倦，我仔细地看着，几乎已经不相信它们了。船上有两个人，他们坐得很低，一个把浆一个摇橹。不过这船航行得很特别。船头并不随了风向，摇摇摆摆地脱离了方向。

当天色大明时，我开始向他们摇着我最后的一件外衣，可是他们并未注意到我，彼此枯坐相对。我走到了海峡尖头最低的地方去，一边打手势一边喊了起来。并没有回答，这只船依旧沿了它不定的航线进行，很慢，非常的慢，驶向岸边来。这时有一只大白海鸟从船里飞出，这两个人没有一个受惊或注意。这鸟飞了一圈，张开两翼从我的头上掠过。

这时我不再叫喊，坐在海角上手托在颔下望着。这船慢慢地飘过来，向西飘去。我差一点不曾向它游去，可是，有一件什么东西，一种冰冷的无端的恐怖制伏了我。在下午海浪使它搁浅，搁在围墙废墟西面一百码左近的地方。

船上的人都死了，他们死去已经很久，当我拉动船边拖他们出来时，尸身都碎成一片片的了。其中的一个有一头红发很像土根树号的船长，有一顶脏的白色小帽落在船底。当我站在船旁的时候，有三个野人从林莽中偷偷走出用鼻子嗅着向我走来。我忽然感到一阵烦厌。我将这小船向岸下一推，自己爬了上去。这些野人之中的两个是狼，一面前进一面抖着鼻子闪着眼睛，那另外一个是不可名状的可怖的熊与牛的合成体。

当我望见它们走近了残留的尸体，听见它们彼此狺狺地叫唤，看见了它们发着闪光的牙齿，一股激动的恐怖代替了我的嫌恶的心情。我转过身来背向着它们，扯了一下帆，开始向海中飘去。我没有回头看一眼。

可是当晚我只是留在这岛与礁岩之间过夜，第二天早晨打了一个弯摇到有泉水的地方，将船上的小空桶盛满了水。接着，我用了最大的耐心收集了一批果子，等机会利用了我的最后三颗子弹弄死了两只兔子。当我进行这些工作的时候，我将小艇拴在海峡向内斜进的石岩上，避免野人们的侵扰。

第二十二章

在黄昏的时候，顺了一阵轻轻的西南风，我慢慢地静静地向海中飘去，岛看起来越来越小了，在赤热的落日的烘托之下，那一缕轻烟变成了一条细细的线。海浪在我四围汹涌着，遮没了那一小片低低的暗影。天光和落日的光彩向天空射去，展开来有如一片发着闪光的幕，最后我向那落日下降的深沉碧蓝的海湾望去，也看见了天上的繁星。海是静止的，天空是静静的，我孤独的一个人和静夜作伴。

这样我飘流了三天，小心地节制着饮食，回想着过去所遭遇到的事件，并不十分希望能再看到人类。我身上是一件破衣服，头上一堆乱糟糟的黑发。无疑的谁发现了我准得以为我是一个狂人。这真是奇怪，我也并没有存着重返人间的希望。我只是为免去与这些怪物鬼混而高兴。第三天上，我给一艘从亚比亚开到旧金山去的两桅船救起来了。无论船长或是船员都不相信我的经历，他们都以为孤独与危险使我发了狂。我恐怕他们的意见也许就跟大家的意见相同，我停止再讲述我的经历，再不回忆从范夫人号迷失以后到我被再度救起一年的时间中的任何事件。

我得随时留心地做作以免被人疑为疯狂。在我的记忆之中，那法律，两个死去的水手，隐藏在暗影里的一切，竹丛中的尸体，总是缠绕着我。还有，看起来是反常的，我得以重返人间之后，不但不曾获得我所期望的自信心与同情，反而更增加了我岛居时期所曾经历过的一种奇异的不安与恐怖。没有一个人肯相信我，我对人类所感到的不安几乎与我对野人们所感到的相同。我可能从我的同伴那儿染到了一点天生的野性。

人们以为恐怖是一种病，反正我在若干年的经历之后很足以证实我的脑子里是深藏了一种不断的恐惧的，这种不断的恐惧就像一个半驯伏的乳狮所感到的一样。我的病态表现在一种最为奇特的形式里。我不能使自己免于一种错觉，所有我遇到的男人女人，我都以为就是那种准人类的野人，野兽给改造得外表近似于人类的东西，而且他们随时都可以转化，兽性会逐一地露了出来的。但是我将我的一切向一位极能干的人述说了，他是认识莫洛的，好像对于我的自白也有一半相信，一位心理学专家——他对我帮了很大的忙。

虽然我并不希望那个岛的恐怖完全永远离开了我，它常常只是远远地隐藏在我的心中，有如远处的一抹云影，一点记忆和一些轻微的不安，不过有时候这轻云散布开来也会弄得一天阴暗的。这时我就环顾四周的同伴。我走进了恐惧里。在我看来有些面貌是聪敏的，光明的，另外的就是阴沉的可怖的，还有其余的则是猜疑不定的，不诚实的，没有一个是有一个正常的灵魂的沉静的操持的。我简直觉得兽性在他们中间动荡增添，岛上野人的退化还原的现象是要大规模再来一次的了。我知道这是一种幻觉，四周看来可疑的男人女人的确是真实的男人女人，永远的是男人女人，完全正常的人类，充满了人类的欲望与敏感的顾虑，从直觉的本能中解放了出来，并非什么神话似的法律的奴隶——与野人们全不相同的生物。可是我看见了他们，遇见了他们的好奇的目光，他们的问讯与帮助，就不由得要战栗，总想离开他们孤独地生活。

为了这个我卜居于宽阔自由的下区附近，当我的神经上来了阴影以后我就可以向那里逃避，这时那在长风掠过的天空下面的空阔荒凉的下区就变得异常可爱了。当我住在伦敦的时候，这种恐怖几乎使我不能忍受。我不能避开别人，他们的声音会从窗子里传进来，锁起来的房门不过是一种脆弱的保障而已。我会走到街上去跟我的幻想搏斗，荡街的女人会跟在我后面作猫叫，鬼鬼祟祟的求乞的男人嫉妒地望着我，苍白疲倦的工人咳嗽着走过我的身边，带着疲倦的眼睛、匆忙的脚步，就好像受伤的鹿在流着一滴滴的血，老人们，弯了腰步履蹒跚，彼此走过时自言自语，而毫不在意于像猫一样的小孩子跟在他们后面，有如拖了一条可笑的尾巴。这时我就会转个弯走进一个教堂里去，即使是在那里，我仍是如此的不安，祷告者向神祇的默诵也有点和猿人所做的差不多了；我也许会逃进一个图书馆去，那些专心致志的读书人的脸就像等候宰割的驯伏的动物。尤其可厌的是在火车和公共汽车上看到的那些毫无表情的脸，他们看来已经不是活人，与死尸无异。因此我非在确知是无人的地方不敢走动。而看来我自己，同样的，也不是一个正常的生物，不过是一个脑筋中受了某种奇异的扰乱的动物，弄得非踽踽独行不可，就像害了眩倒病的羊一般。

可是我目前的情形——谢谢天——算是很难得的了。我从城市与人群的纷扰中退出，在明哲的书城中过日子。这些书本可以说是给闪烁着的人类的智慧之光所照彻的人生的窗户。我很少看见生客，我有一个简单的家。我整日做化学的研究与试验，有很多晴朗的夜晚我用来研究天文。那布满了繁星的夜空给我一种无上的安全与保障的感觉，虽然我不明白为什么如此又怎样会如此。我想这一定是在永恒的物质规程里，而不是在人类日常的忧虑、罪恶与烦扰里，存在于我们中间的那点为兽类所无的事物，使我们找到了安慰与希望。我必须希望，不然我就不能生存。这样，在希望与寂寞之中，我讲完了我的故事。

爱德华·卜伦狄克

附录　故艾尔费先老人

（H. G. 威尔斯著）　李林　译

一　一个陌生的老人

我把这个故事写下来，并不期望别人相信它，不过，要是可能的话，却希望它能为第二个牺牲者预备一条逃避的道路。我知道我本身的事件是没有办法，因此，现在我已预备听天由命了。

我的名字是爱德华·佐治·艾登。我是生在司塔弗德州的春山地方。我的父亲在当地的公园里任事。我在三岁时死了母亲，五岁时死了父亲，佐治·艾登叔父就把我收养做他的儿子。他是一个自学的独身者，在白明罕地方是一位出名大胆的新闻记者。他不顾惜金钱教育我，煽起了我要在世界上有所成就的欲望。在四年前他死的时候把他的全部财产遗留给我。在一切开销支付以后，也就只剩了五百镑左右了。那时我正是十八岁。他在遗嘱里劝我把这笔钱用来完成我的教育。我早已决定学医，由于他的遗产和我得到的奖学金，我就在伦敦大学里做了一名医科学生。在我的故事开始的时候，我住在大学街十一号A公寓楼上的一间小室中，家具非常破旧，房间又不通风，正对着宿而不勒德商店大楼的后身。我睡觉做事都在这间小室里，因为我想尽力节省，决不妄用一个先令。

我第一次遇见那个面色微黄身材矮小的老人（如今我的一生和他纠缠得分解不开了）的时候，我正拿着一双鞋预备到吐顿汉宫路上一间店铺去修理。我开门的时候他正站在行人道上带着犹豫不决的神气望着门上的号数。他的眼睛——它们是阴暗的灰色的眼睛，在镜框下现得微红——落在我的脸上，他那有皱纹的面容马上带出亲密的表情。

"你来得正是时候，"他说，"我把你的房子的号数忘记了。你好，艾登先生？"

他的亲密的招呼使我稍为吃了一惊，因为我从来没有看见过这个人。而且我的手臂下正夹着一双鞋子就给他碰见了，也使我有点难为情。他注意到了我缺乏亲切。

"诧异我是谁么？放心吧，我是你的一个朋友。我以前见过你，虽然你不曾看见过我。我们能够找个地方谈谈话么？"

我踌躇起来。楼上我那间破旧的房间不是招待生客的地方。"也许，"我说道，"我们可以在街上走走。很不凑巧我不能——"我的手势替我解说了我没有说完的话。

"是的，"他说着向两面望望，"街上么？我们向哪一面走呢？"我把鞋子放在过道里。

"喂！"他突然说道，"我的事情不是两三句话说得完的。和我一道吃顿饭吧，艾登先生。我老了，太老了，不大会解释。我的尖抖的声音再加上车辆的喧闹——”

他把他的颤抖的瘦得只有皮的手放在我的手臂上好像来劝诱我。

照我的年纪，似乎不应该拒绝一个老人来请我吃饭。然而同时我却不太喜欢这个突然的邀请。“我倒情愿——”我开始说。“可是‘我’倒情愿。”他插嘴道，“我这满头的白发，一定应当受到相当的尊重吧。”因此我只好表示同意和他一道走了。

他把我带到布拉维慈基饭店去。在路上我不得不慢慢地走来适合他的脚步。在我们吃那一顿我从来没有尝过的午饭的时候，他总没法避开我的主要的问题，我只把他的面貌看得更清楚一些。他那剃光的脸是又瘦又有皱纹，他的干瘪的嘴唇垂在一套假牙上；他的白发虽然稀疏，却是相当地长；照我看来他显得矮小（不过在我看来大多数的人都显得矮小），他的肩膀稍圆，并且微俯。在我看他的时候，我发现他也在注意我，两眼带着贪婪的神气直在我身上打转，从我的宽阔的肩膀转到我那双太阳晒黑了的手上，然后又转到我的有雀斑的脸上。在我们点着纸烟以后，他说道：“现在我必得告诉你当前的这件事。”

“我必得告诉你，我是一个老人，一个很老的人。”他暂时停了一下。“我有钱，不久我必得遗留给人，可是我却没有一个儿女可以承受我的钱。”我马上想起了那种先得信用后窃钱财的骗局，于是就决定当心保证我那五百镑的余数。他又接着说下去，先竭力形容他的寂寞，后来又提到对于他的钱的适当的处置的困难。“我考虑过了许多的方法，例如捐助慈善机关、奖学金、图书馆等等，最后我得到了这样一个结论，”——他把两眼注视着我的脸——“我要找一个志趣远大、心胸纯洁、身心都健全的穷苦青年，让他做我的继承人，把我所有的都传给他。”他又重说一遍，“把我所有的都传给他，由此他可以突然从他所有的一切困苦挣扎中被提拔出来而得到自由和势力。”

我努力现出冷淡的神气。我带着显而易见的矫饰说道：“所以你要我的帮助，也许我的业务上的帮助，来寻找那样一个人。”

他微微一笑，从他的纸烟上面望着我，我看见他那样安静地把我的虚伪看透，也不觉笑了起来。

“那样的一个人他会有着什么样的事业呀！”他说道：“我积攒了钱却让别人来花——一想到这个就让我充满了嫉妒。

“自然，还得有条件，得有负担。举例来说吧，他必得姓我的姓。无论要享受什么总得有点代价。我在要他以前必得先考查他一生的遭遇。他一定要是个健全的青年。我一定要知道他的遗传，他的父母和祖父母是怎样死去的，并且还要切实地调查他的私人的道德——”

这些话把我的秘密的庆幸改变了一些。

“你是不是说我？——”我问道。

“是的，”他几乎是凶狠地说道，“你。你。”

我回答不出一个字来。我的幻想狂暴地跳舞，我的生来

过去。”

他摇了摇头，又好像对于我的奉承话略略带着忧郁的体会的神情微笑起来。“那个将来，”他说道，“你当真肯改变它么?”那时侍者拿了酒来。“也许你不反对接受我的姓氏，接受我的地位，可是你当真肯——当真愿意——接受我的年龄么?”

“和你的功绩一起。”我慷慨地说道。

他又微笑起来。“来两份苦麦酒，”他对侍者说，然后又把他的注意力移到他在衣袋里取出来的一个小纸包上面。“这个时候，”他说，“吃过饭的时候是谈闲话的时候。这是一件我未曾发表过的小发明。”他用他那些颤抖的黄色手指把小纸包打开，纸上露出了少许略带粉红色的粉末。“这个，”他说——“嗯，你应该猜猜它是什么。可是苦麦酒里只要稍为放下一点点就会变喜麦酒了。”他那略带灰色的一对大眼带着一种猜不透的表情注视着我的眼睛。

我发现这位伟大的导师会注意到酒味，不觉稍为吃了一惊。然而我却假装对于他那不良的嗜好感到兴趣，因为我自己已经喝醉，也不在乎那样小小的阿谀了。

他把粉末分放在两人的小杯里，然后突然带着异样的不可思议的威严站起身来把手向我伸出。我学着他的榜样，我们碰了杯。“祝迅速的继承。”他说着，就把酒杯举到唇边。

“不为那个，”我急遽地说道，“不为那个。”

他停住，酒杯举得和下颚一般高，两眼炯炯地注视着我的眼睛。

“祝长寿。”我说。

他犹豫了一下。“祝长寿，”他说着突然大笑一声。我们彼此望着举起杯来。他目不转睛地望着我的两眼。我把酒喝干后，觉得受到一种不可思议的急迫的感觉的侵袭。头一口酒就使我的头脑陷入一种剧烈的骚动，我好像感觉到脑盖中有一种实在的生理上的激动，并且两耳中也充满了喧闹的声音。我并没有注意嘴里的气味和满喉的香味，我仅仅看见注入我的眼里的他那热烈的灰色眼睛。酒，精神混乱，耳里的杂音和头内的搅动，好像继续了一个无穷的时间。半忘了的奇怪而模糊的印象在我的意识边界跳舞，随后就消失了。最后他解除了这个魔术。他突然叹息一声把酒杯放下。

“怎样？”他问。

“好极了。”我回答说，虽然我还没有尝出这饮料的味道。

我的头在旋转，我随即坐下，脑筋简直在混乱状态之中。后来我的知觉变得异常清楚明晰，就好像我在凹面镜里看东西似的。他的态度似乎改变成慌张急遽。他拿出表来望了一眼。“十一点七分了！今晚上我应该——七分——二十五分。滑铁卢车站，我马上就得去。”他叫侍者开账单，又很费力地穿上他的外衣。殷勤的侍者走来帮忙我们，一分钟后我就靠着马车的皮垫和他告别，那时我仍然带着那种不可思议的纤细明确的感觉，就好像——我怎么能够把它说得清楚呢？——好像我不仅是从一个颠倒的小望远镜看着，而且也是真实地感觉着。

“那种药，”他说道，他用手摸抚着前额。“我不应该把它给你吃。明天它会把你的头弄裂开。你等一等，拿去。”他递给我一种像沸腾散一般的扁平的小东西。“在就寝前用水服下，先前服的那种是药。记住，在就寝时才吞服。它会使你的头脑清醒。没有别的了。让我们再握一次手——为了将来！”

我紧握着他那皱缩的瘦骨的手。“再会。”他说。从他那下垂着的眼皮看起来，我知道他也有一点受到那歪曲头脑的兴奋剂的影响。

他突然又想起了别的什么事，把手伸到胸前的衣袋中去摸索，随即取出另外一包，这次是一种像剃须用的棒状肥皂一样的东西。“这里，”他说道，“我几乎忘记了。不要打开它，等到我明天来时再打开——不过你现在把它拿去吧。”

它是异常的沉重，我几乎把它掉在地上。“好吧！”我说。当马夫一鞭把马打醒时，他从车窗对着我笑。他给我的是一个白色的小包，边上和两端都用红印封上。“这倘若不是银钱的话，一定是白金或铅了。”我说。

我特别仔细地把它塞入袋里，然后带着一个旋转的脑子慢步穿过摄政街的人群和勃特兰路附近的黑暗的小巷走回家去。那一路的感觉（虽然它们是十分奇怪），非常鲜明地印在我的脑中。那时我还是我自己，因此我能注意到我那奇异的心灵状态，我猜想我服用过的那种东西不知是不是鸦片——鸦片是我从来没有吃过的。现在很难描写我那精神异常的特点——“精神二重化”稍为可以表现一点那时的情形。当我走到摄政街的时候，我发觉在我的脑海里有一种奇妙的思想以为它是滑铁卢车站，又起了一种古怪的冲动想走进那条街上的工艺陈列馆去，就像要上火车去似的。等到我用手一擦眼，它却又是摄政街了。我怎么能把这个述说清楚呢？你看见一个多才多艺的演员静静地望着你，他一做脸嘴，却变成另外一人了。假使我告诉你我以为摄政街在那时就是那样，我算不算说得太夸张呢？在我重新知道它是摄政街以后，我的脑里又涌起一些奇妙的追忆，它们又把我的脑子弄得一团糟。“三十年前，”我想，“我就是在这里和我的弟弟争吵。”随后我突然大笑起来，结果引起了一群夜警的惊奇。三十年前世上还不曾有我，而且我一生从不曾有过一个弟弟。那个药实在是愚蠢饮料，因为对于那个死去弟弟的剧烈的悲痛仍然停留在我的心里。到了勃特兰路我的疯狂又改变一种样式。我开始记起了关闭了的商店，又把那条马路和它从前的情形相比较。喝醉了以后会起了一些纷乱的思想，这倒可以让人了解的，可是使我觉得难解的，却是爬进我的脑子来的那些不可思议的明确的幻影一般的记忆，不仅是进入脑中的记忆，还有那从脑中消失了的记忆。我那时站在出售博物学材料的司梯芬司商店的对面，却绞尽脑汁也想不出这店主和我有什么关系。一辆公共汽车从旁边经过，它的响声简直和火车的响声一模一样。我好像降落到一个黑暗的深坑里去搜寻这个记忆。“自然咧，”最后我说道，“他答应明天卖给我三只青蛙。真奇怪，我会忘记了。”

人们仍然给小孩们幻灯画看么？我记得在那种幻灯画里

一张画面出现的时候淡得像鬼影一样，然后逐渐变深显出另一画面。我那时的情形就和这一样，我觉着一群幽灵似的新感觉正和我自身的感觉在那里争斗。

我怀着恐惧穿过尤司登路走到吐顿汉宫路，也没有注意我走这条不寻常的路，因为在平常日子我总是抄近走僻静的街道。等到我转入大学街时，我却发觉我把门牌号数忘记了。用了极大的努力才记起十一号 A，就在那个时候我好像觉得这是某一个被忘却了的人告诉我的。我勉强去回想吃饭时候的一切事情，打算借此来镇定我的脑筋，可是我拼了命也想不起我的主人的面貌。我只能看见他的模糊的影子，就像一个人从窗户眺望时所看见窗上反映着的自己的影子一样。然而我却像在他的地位看见了我自己坐在桌前的外形，红着脸，两眼闪闪发光，口中喋喋不休。

"我一定得服用另外那种药粉，"我说，"这简直越来越没有办法了。"

我拿蜡烛和火柴的时候在前厅里走错了方向，上楼时又怀疑起来，不知道我的房间在第几层。"我醉了，"我说道，"这是一定的。"又在楼梯上做了不必需的耽误好像来证明这句话似的。

乍看起来，我的房间似乎我没有见惯。"多无味！"我说着，一面望着周围。这个努力好像使我回复到我自己，奇怪的幻影似的性质又变成熟习的事物。一面旧的镜子挂在原处，镜框角上塞着我的关于蛋白性物质的笔记。我日常穿的旧衣服堆在地板上。然而这一切却并不十分实在。我觉得有一种痴愚的思想要爬进脑子里来，好像我是在一列刚停住的火车里，我正从车窗望出去看着一个陌生的车站。我用力握住床柱来镇定我自己。“也许这是透视力，”我说道，“我一定得报告心理研究社。”

我把用纸包着的钱币放在化妆台上以后，就在床边坐下，开始脱去长靴。这一切就好像我现在的情形的图画正被画在另一幅正在开展着的图画上面。“倒霉！”我说，“我的脑筋昏迷起来了，不然难道我同时会在两个地方么?”我等不及把衣帽脱完就把药粉倾倒在玻璃杯里。它沸腾起来，随后又变成荧光性的琥珀色。我立刻把它一饮而尽。在我上床以前，我的头脑就已经回复了冷静，我只觉得我的腮触着枕头，后来的事我就不知道，我一定是睡着了。

三　灵魂的牢狱

我从一个有着奇怪的野兽的梦里突然醒来，发觉我正仰卧着。我的嘴里有一种奇特的味道，四肢带着疲乏的感觉，皮肤全体都起了一种不快之感。我把头静止不动地放在枕上躺着，满心期待我那奇怪和惧怕的感觉会逐渐消失，随后我会再行入睡。然而事实却并不是那样，我那不安的感觉反而增加起来。最初我看不出我自己有什么异常的地方。屋子里有着微光，这光淡得和黑暗非常相近，在这微光里家具就像全在黑暗中的模糊影子。我把眼睛露出被外凝视着。

我觉得有人进了我的房间里把用纸包着的钱币偷去，可是在床上躺了几分钟以后（那时我均匀地呼吸假装睡着），我发觉这只是幻想。然而不安的信念仍然不肯离开我。我奋力把头从枕上抬起，向着周围的黑暗中窥看。为什么不安我也想像不出。我望着周围的朦胧的黑影，那些显示出帷幔、桌子、暖炉、书架等等的大小暗影。随后我就开始看见一些不熟习的黑影。在那边应该是书架的地点却放着一种遮盖着的灰白色的物品，无论我怎样看法，它决不像是书架。它又太大，也决不会是我的衬衫扔在椅子上的影子。

一种小孩一般的恐怖征服了我，我马上把被掀开把脚伸出床来。可是我的脚不但没有离开我的矮床触着地板，并且连裤子边上也没有伸到。我再踏一步方坐在床边。床侧应该有蜡烛，火柴也应该在破椅上。我伸出手去却什么也摸不着。我在黑暗中挥动我的手，撞着一种柔软而厚的悬挂物，它和我的手接触时发出沙沙的声音。我握住它用力拖，它原来是挂在我的床上的帐子。

这时我已完全醒着，才开始发觉我在别人的屋里。我感到惶惑。我竭力追忆前一晚的事情，非常奇怪的我这时发现它们清清楚楚在我的记忆里：晚餐，我接到的小包，我以为我喝醉，我迟缓地脱衣，我的热脸靠着枕头时的凉爽的感觉。我忽然怀疑起来，那是昨夜还是前夜？无论如何，这不是我的屋子，我也想不出怎样会到了这里面来的。那个朦胧而灰白的轮廓变得更白，我看出它是一扇窗子，从窗帘漏进的淡淡的晓光衬出一面椭面形的梳妆镜。我立起身来，我感到的奇怪的软弱和不安定的感觉使我吃惊。我伸出颤抖的双手慢慢地向窗子走去，在中途膝部却在椅上碰伤。我在镜边（这是一个有美丽的铜烛台的大镜）摸索，想找出窗帘的绳头。我找不着它，却在无意中握着穗带，一声弹簧响，窗帘挂起来了。

我看见的景色对我完全是陌生的。夜色异常阴暗，从那灰色的云堆里透出了一线淡淡的晓光。在天空的尽头，云盖带着一道血红的边缘。在下面，一切都是阴暗不明，远处有朦胧的小山，许多的尖顶建筑物，形成一大堆模糊的黑影，树像泼散了的墨水，黝黑的矮林和灰色的小径像图画一般地呈现在窗前。这一切都是十分的陌生，暂时之间我还以为我仍旧在梦中。我抚摸梳妆台，它是用光滑的木料做成的，并且是精美地装饰着——台上有无数的小玻璃瓶和一把刷子。台上还有一件古怪的小物件，马蹄形，带着光滑的硬的突出部分，放在一个碟子上。我找不到火柴和烛台。

我又转过眼来观察屋子。如今窗帘既已挂起，所有的暗影都现出原形。屋里有一张挂着帐幔的大床，床端的壁炉有一块白色大炉棚，微微带着大理石的光辉。

我靠住梳妆台，闭上眼，随后又把它们睁开，竭力地思索。这一切都是十分真实，不会是梦。我幻想着由于我服用那种奇异的饮料的缘故，我的记忆中有了一段空白，也许我已经承袭了那份产业，可是在我知道那个好运以后，突然就失掉了一切的记忆了。也许只要我等待一刻，万事又都会变清楚的。然而我同艾尔费先老人一起吃饭的事在这时却又显得特别的清晰和新近。香槟，注意的侍者们，药粉，饮料——我敢拿灵魂打赌，这一切都是几点钟以前的事。

随后又发生了一件十分细微却又十分可怕的事，我在如今想到那个时候也不觉战栗起来。我大声说话。我说："真见鬼，我怎么会到这里来？……"这声音并不是我自己的。

它不是我的声音，它是一种微弱的声音，发音含糊，颜面骨的共鸣也不一样。为了使我自己安心起见，我把一只手去抚摸另一只手，可是却摸到松皱的皮肤，这是老年的松弛的皮肤。"一定，"我用那个不知怎样会到了我的喉里来的可怕的声音说道："这一定是梦！"就好像无意似地我飞快地把手指塞进嘴里，我的牙齿都不见了。我的指尖在一行牙龈的萎缩的表皮上滑过，狼狈和厌恶让我想吐。

那时我感到一个热烈的愿望要看看我自己，要想马上知道我遭遇着的改变究竟是怎样可怕。我蹒跚地走到炉棚旁边又用手去摸索火柴。我正在那样做的时候，我的喉里发出了呛咳，于是我立刻紧握着身上穿的法兰绒厚寝衣。那里没有火柴。突然我觉得手冰冷，我摸索着回床去，不住地打嚏咳嗽。"这一定是梦，"我爬上床时对自己说道，"一定是梦。"我把被盖住我的肩部，盖住我的耳朵，又把萎缩的手塞在枕头下，决定安静自己以便入睡。自然这是一梦，一到早晨梦境就会消失，我就会清醒起来，又会回复到我的强健的青春和我的学业了。我把眼睛闭上，调匀了呼吸，可是我还是醒着，因此我就开始慢慢地数着三的乘方来催眠我自己。

可是我想望的事却不肯来到。我不能入睡，而且越来越相信我所遭受的一切改变实在是真实的。立刻我的眼睛大大地睁开，三的乘方也忘却了，我那瘦削的手指又在皱缩的牙龈上。我确实在突然间变成了一个老人。在一种说不出的情况之下我度过了我的一生而达到老年，不知怎样地我一生的最好的时辰，恋爱、奋斗、力量、希望都被剥夺了去。我伏在枕上，努力来使我自己相信这样的幻觉是可能的。不知不觉间黎明却渐渐地光亮起来。

后来我对于睡眠绝了望，就坐起身来向周围张望。冷峭的晨光使整个房间都可看得清楚。这是一间宽敞的设备整齐的屋子，比我以前睡过的屋子都整齐。一支蜡烛和一些火柴放在壁龛中的小台上。我揭开被盖，虽在夏天，早凉也使我颤抖。我走下床来把蜡点上，然后用颤动的手捧住蜡烛蹒跚地走到镜子前面，看见了——艾尔费先的脸！我早已模糊地猜到是这样，可是这事的可怕并不因此减少丝毫。我以前就觉得他瘦弱可怜，可是在这时看起来，只穿着一件领口张开露出瘦削的颈项的粗法兰绒寝衣，又算是我自己的身体，我简直描写不出他那枯萎的老朽的样子。凹进的面颊，污秽的白发，眼泪汪汪的烂眼，颤动而萎缩的嘴唇，和那下唇翻转露出的那些可怕的黝黑的牙龈。你们身心和年龄相合的人不能想像出来这种恶魔的幽禁对于我的影响。一个充满青春的欲望和精力的青年却被幽囚在这个破灭的肉体里……

四　我是谁

我的话离了本题了。我所遭受的改变一定把我吓呆了一些时候。等到我定了神来思索，那时已经是白昼了。由于一种不能解释的方法我被改变了，可是这事是怎样发生的，我却不知道。等到我思索起来，我的胸中不觉了然艾尔费先的恶魔般的巧妙。这是很显然的，既然我发现我自己在他的身体里，自然他一定会占有我的身体、我的精力和我的将来了。可是怎样能证明这个呢？当我想到这个的时候，连我自己也不能相信，我的头脑也晕眩起来，因此我不得不捏我自己，抚摸我那无牙的齿龈，在镜里看我自己的影子，又触我身旁的物品来镇定我的心神以便对付这些事实。难道生活一切都是错觉么？难道我真是艾尔费先，而他是我么？难道昨晚我梦见我是艾登么？真有艾登这个人么？可是假若我真是艾尔费先，我自然该记得我头一天早晨在什么地方，我居住的城市的名字，在做梦以前出了些什么事。我竭力思索。我记起昨晚我的记忆的奇怪的双重性。我能够记起来的不是别的思想，都是艾登所有的思想。

“疯狂就在于这里了！”我尖声地叫道。我站了起来，勉强把我那软弱沉重的肢体拖到洗手架前，把我的灰白的头部浸在一盆冷水里。等我用毛巾揩拭了以后，又再试一次。完全无用。我觉得毫无疑问我确是艾登，不是艾尔费先。可是艾登却在艾尔费先的身体里！

假若我生在另一个时代，我也许会像一个受了魔法的人让我自己听命运的安排。但是在如今这种怀疑的时代，奇迹并不流行。这不过是心理上的把戏。一种药和一个凝视能做出来的事一定也可以用一种药和一个凝视（或者和这类似的手续）解除的。以前也曾有过失掉记忆的人，可是竟然会有像交换雨伞一样交换记忆的事！我笑了起来。可惜！这并不是一个健康的笑声，却是一个衰老的带着喘息的低笑。我想到老年的艾尔费先也许在取笑我处的难境，忽然就感到一种我从来不曾有过的躁急的怒意。我立刻把堆在地板上的衣服拿来穿上，等到穿在身上才知道它是晚礼服。我打开衣橱，发现了一些普通的衣服，一条格子呢裤，一件老式的罩袍。我在我那古老的头上戴上一顶古老的抽烟时戴的便帽，咳嗽着蹒跚地走到楼梯口。

这时大约是五点三刻，窗帘都遮得紧紧地，整所房子是非常寂静。楼口甚为广阔，铺着厚绒毯的宽楼梯一直通到下面黑暗的厅堂。在我前面一扇半开的门让我看见了一张写字台，一个旋转式的书架，一把椅子的背面，和一架一架的书籍。

“我的书房，”我咕噜地说着，一面走过楼梯口。等到我听见了声音以后忽然想起一件事，我走回寝室去把一套假牙装上。“这才对。”我咬咬假牙说，随后就走到书房去。

写字台的抽屉都已锁上，台面的活动盖也已锁着。我找不出钥匙在什么地方，我的裤袋里一把也没有。我立刻回到寝室去翻礼服的口袋和我能找到的衣服的口袋。我找得非常仔细，等我找过以后假若有人看见我的屋子，他也许会以为小偷曾经来过。不仅钥匙找不着，就连一个钱币、一张纸也没有——只有前一晚上那顿饭的账单。

一种异样的疲倦侵袭着我。我坐下望着拿在地上各处衣袋都翻转出来的衣服。我起初的狂热已经消失了。这时我正开始了解我的仇敌的计策非常聪明，越来越明了我自己的地位实在无望。我打起精神，立起身来，急忙走到书房去。楼梯上站着一个女仆正在把窗帘拉起，她定睛望着我脸上的表情。我走进书房，就随手把门关上，立刻拿起一根放在壁炉前的铁棒去捣击写字台。他们发现我的时候情形是这样的：台上的活动盖已经裂开，锁也打坏，信件从书信格里拖出扔得满屋都是。笔和别种文具抛在各处，墨水也被打翻。壁炉棚上的大花瓶也被打破——我不知怎样打碎的。我找不着支票簿，找不着金钱，也找不着一点恢复我身体的有效方法。当总管同着两个女仆闯进屋来时，我正在狂暴地乱打着抽屉。

五　一个危险的试验

那就是我的改变的故事，没有一个人会相信我那疯狂的叙述。我被人当成狂人看待，甚至就在这个时候我还是被监禁着。可是我却是健全的人，绝对的健全，为了证明我是清醒的缘故，我把一切发生的事都详详细细地写下来。我请求读我这故事的人做公正的评判，看我这故事的笔调和章法里究竟有没有丝毫疯狂的痕迹。我是个幽囚在老年人身体里的青年，可是这个明白的事实却不能使任何人相信。因此，对于不相信这事的人我自然好像是个狂人，自然我也不知道我的书物的名字，不知道来看我的医生的名字，不知道仆人和邻人的名字，不知道我居住的城市的名字。自然我在我自己的房子里什么都不知道并且遭受着种种的不方便。自然我要问许多最奇怪的问题。自然我会哭泣，叫喊，做绝望的动作。我没有钱，也没有支票簿。银行不会认可我的签名，因为我的字迹仍然是艾登的字迹。在我身边的人们不会让我亲身到银行去的。实在说来，这个城市里似乎没有银行，我的钱是放在伦敦的某一个地方。艾尔费先好像把他的法律顾问的姓名瞒住他家中一切的人——我什么也不能证实。自然艾尔费先是个精神科学的深奥的研究者，因此我对于这个事件的真相之陈述只能证明我的疯狂是过分研究心理学的结果。两种人格的梦想，真是！在两天以前我是一个健康的青年，我有着无限的前途，如今我却是一个狂暴的老人，绝望，不幸，在一所陌生的宏大而华丽的房屋里徘徊，被周围的人当成狂人一样地监视着、惧怕着、躲避着。可是艾尔费先却以七十年积蓄的知识和智慧在一个强健的身体里重新在伦敦开始生活。他偷了我的生命。

出了什么事情我不十分明了。书房里有许多卷原稿，大部分关于记忆的心理，小部分是我完全不懂的符号。在有的地方可以看出来他也在研究数学的哲理。我的解释是这样：他把他的整个记忆整个人格从他的衰老的头脑里移到我的头脑里，同样的他也把我的记忆和人格移到他所舍弃的肉体里。实际说来，他和我交换了肉体。可是这样的交换是怎样做到的却出了我的哲学的范围以外。在我的思想生活里我自来是个唯物论者，可是突然地这里却有了一个人脱离物质的可能性的明显的例子。

我要做一个危险的试验，今天早晨我用了在早饭时藏起来的桌刀撬开了写字台一个秘密的抽屉，我发现了里面只有一个绿色的小玻璃瓶，装着一种白色的粉末。瓶头上贴着一张纸条，上面只有“解脱”两字。这也许是——大约准是毒药。我能够了解艾尔费先把毒药放在我的眼前的缘故，倘若不是这样仔细地藏起来，我一定以为他打算把反对他的唯一活着的证人除去。在事实上这个人已经解决了不死的问题。除了机会的恶作剧以外，他可以在我的身体里生活着，等到他衰老之后，他又能取用另一牺牲者的青春和精力。当我记起了他的无情，就想到那种无穷的经验真是十分可怕……他从别人身体里跳来跳去究竟有了多少次了？……可是我写得厌倦了。这种粉末能溶解在水里。味道并不坏。

六　尾声

上面的故事是在艾尔费先的写字台边发现的。他的尸体躺在写字台和椅子中间。椅子曾被向后推动，也许是被他那最后的痉挛动作推动的。这个记录是用铅笔写的，字迹杂乱不像他平日的字迹。还有两件奇怪的事实应当记录在这里。艾登和艾尔费先之间无疑地有相当的关系，因为艾尔费先的全部财产都留给这个青年继承。可是他始终不曾继承。在艾尔费先自杀的时候，很奇怪地艾登已经死去。二十四小时之前在高耳街和尤司登路口他被一辆马车撞倒，立刻死去。因此我们无法向这唯一能解释这个疯狂的故事的人去探问了。

后　记

在六七年以前，李林先生从天津来到上海。他是我在南开中学时的先生，七七变起，我们在天津作别，四年不见，相晤欢然。我就常常找他去谈天。他身体本不甚好，就借此机会闲居养病，平常除了看看电影听听音乐以外，也还常去蹓蹓书摊，买买英文旧书。后来也翻译一点书作为一种轻闲的工作。他译出了冈查洛夫的《悬崖》，又译出了阿志跋绥夫的《战争》。我记得有一次我陪他到霞飞路上去散步，那时的物价的飞跃，的确与现在并无不同，大家都预备在东西还不曾涨价之前多少买一点下来，我们谈着天散着步，想想买点什么好呢？最后他决定去买一批稿纸，大约买了一百多块钱能写百多万字的稿纸，他的干瘦的脸上浮出了笑容，告诉我预备埋头译阿布洛莫夫了。我听了也很高兴，觉得他实在是应该做些什么事的。

后来我走入内地，又跟他作别。三年之间不通音问，“胜利”光降，却“复员”不成，又在重庆住了半年多。我只在朋友地方听到他的消息，总想不久就可见面，用不到通信致候了。不料，我还没有能走掉，他却已经死去了。

这很使我感伤，觉得人世的无常。他还没有作了多少事，还不曾使爱他的人解去心头的憾惜——大家都以为他过去的生活太朴素了，好像只是在“予”而没有“取”的。——就已经死去了。

然而他在他的学生中间留下来的温暖，是永远不会使人忘记的。

他留给读者的，就是这已完和未完的几部译稿。

《莫洛博士岛》也是他的未完的遗译之一，原题《无名岛》在《科学趣味》上连载，属名杜华，连载到第八章，杂志停刊，他也不曾再译下去。我接受下了续译的工作是去年四月中的事，一直拖到今年一月，才译完，后来又重新校改，到现在才算粗毕。这一年来忙于生活，在种种不如意之中打转，译笔时作时辍，然而我始终不曾忘记这一件工作，偷闲执笔，总是抱着严肃的心情。偶尔发现自己的荒疏的错误，就又记起他在考卷上画了红笔的改错，笑着递给我的时候的神情。他并不板面孔，可是在学生却总觉得难为情之至了。我在这里又想起了一件小事。有一次在他的班上上课，我和坐在我前面的同学用小纸条商量着什么事，给他看见了。他不动声色地向我们一望，打起四川味的国语说道：“不要传书递简!”就又慢慢地讲他的书去了。我们则大窘。这事一直到现在，还使我极清楚地记得。

现在我还用递上一份考卷的心情，交出了这一本译稿。极惭愧于自己的荒废，预备接受他给打上的红杠子，假使他还能够这样做的话。

翻译的根据是纽约 ALFRED. A. KNOPF 书店版的《H. G. 威尔斯的七本著名的小说》的初版本。在《莫洛博士岛》的一部份的后面，还有威尔斯自己的附注，现在也译在下面：

“在一篇发表在一八九五年一月份的《星期六评论报》上题为《莫洛博士解说》的中篇里的要领，包含着这一本小说的重要的概念。这是这本小说唯一先期发表的部分。而它是经过用叙述方式整个改写过了的。不用否认，非科学的读者读来也许会感到奇异。无论整个故事有几分可信之处，怪物——即或是半人性的怪物的制造在活体解剖的手术中还是有其可能性的。”

在全书前面，作者还有一篇序。他称自己的这七本小说为“幻想小说”。他声述他的小说与那位法国的 JULES VERNE 的作品并不一样，（因为他曾经被称做英国的 JULES VERNE 过。）他说他自己的小说并不描述“可能的事物”。他又称这本《莫洛博士岛》为“一种幼稚的不敬的试作”。

我不想在这里多说什么外行话。不过作为一个读者，读完以后，看看那些给改造成为“半人类”的野兽怪物，难免不联想到别的什么很熟悉的事物。拣比较“古旧”一点的来说，希特拉治下的卍字党里的“英雄”恐怕就很有点相像。而莫洛与孟高梅立的惴惴的处境也很像希墨二公。威尔斯虽然是在写幻想小说，然而使人读了居然有亲切的感觉。我想这大概就是他的作品之异于《七剑》《十三侠》之流的处所罢？

一年以来，我借了翻译的工作来躲过了很多情感上的痛苦，执笔的时候，心意专注，遂得忘却忧闷于一时，我的一部分年青的生命也就这样地消磨了。今全书完成，谨以之纪念先师李林先生，附带地也使我永远记起自己的这一段时期的生活。

三十七年春四月九日黄裳谨记。

数学与你

《数学与你》，原书名《密次先生的教育》，美国 Hugh Gray 和 L. R. Lieber 合著，科普读物，1948 年 9 月上海开明书店初版，列为“开明青年丛书”之一。次年 1 月再版，11 月三版。

据初版本编入。

介绍密次先生——我们的英雄

密次先生——一个我们所熟习的平凡的人，多少受过某一种教育，也许是大学，也许是一般的学校。无论如何，他们总是在设法寻求生活得更美满的方法。他接受了一些矛盾的知识："过去的太古旧了，你必须求进步。""过去是美好的，一些新奇的时尚只是一些衰微的象征而已。""科学可以拯救我们出于旁门左道。""科学是人类造成的最伟大的恐惧。""五千万人可能是错的。""有许多民族一向是错误着的。""当心你必须学一件手艺，不要浪费时间去弄什么科学和艺术。""为什么一生一世只作一个本分的农夫呢？你应当学习点原理什么的，好改善生活的方式。"这样的矛盾还有很多。

他自然被这些弄得胡涂了。被矛盾包围了，头脑不清，平凡的人就这样造成的。这本书企图给他们的困恼作一个鸟瞰，设法给他们找一个出路。为了显明，可能时我们利用图形；为了确实，我们利用了人类所发明的最明晰的语言——教学。哦，我们知道，你是不大喜欢数学的。不过答应决不拿数学作一种使人头痛的工具，而是指出数学对于上面引用的那些矛盾的事实有些什么意义。同时也对于下列的各种事项有什么意义：民主，自由与放纵，傲慢与偏见，成功，孤立主义，准备，传统，进步，理想，常识，人性，战争，自信，谦逊，宽容，乡土观，无政府主义，忠实，纯艺术与其他。我们将来不时提出“教训”来，不过不要以为我们是板起面孔来讲教训，对读者说法。事事是如此，我们其实是向自己说话，因为我们自己，与其余的千千万万的人一样也是“密次先生”。

第一部　旧的

一、五千万人可能犯的错误

开头，我们提出一个非常简单的问题：这里有两个职业，你要从中选择一个：

第一个职业：开始是年薪一千元，以后每年增薪二百元。

第二个职业：开始每半年薪津五百元，以后每隔六个月增薪五十元。

在别的方面，这两个职业的性质是一样的。你应当选择哪一个（在一年以后）？请仔细想想，然后回答，在你翻读下文以前。

你是不是说第一个职业比较好些？你是不是根据下面的理由：因为第二个职业每六个月增薪五十元，所以每年增薪一百元，但第一个职业每年增薪二百元，所以第一个职业比较好些。

你错了，因为如果仔细推算一下的话，下面就是推论：

		上半年所得	下半年所得	全年所得
第一年	第一职业	$500	$500	$1000
	第二职业	500	550	1050
第二年	第一职业	600	600	1200
	第二职业	600	650	1250
第三年	第一职业	700	700	1400
	第二职业	700	750	1450
第四年	第一职业	800	800	1600
	第二职业	800	850	1650

请注意：（一）第一职业每隔一年较去年多获二百元薪水。（二）第二职业每隔半年较前半年多获五十元薪水。

这是与前面的条件相合的。但是第二个职业较第一个每年能多获取五十元，很容易可以看出，无论延长多少年下去，这事实总是对的。也许你会大吃一惊，但是不要失望，你是有很多的同道的。拿这个问题问问你的朋友，除非他们以先听见过，他们是会犯与你相同的错误的。五千万人可能弄错的。而这又是非常正常的事。不过请千万不要得到这样的结论："民主是不好的。"因为这五千万人民是不必要犯这个错误的。他们如果太忙了，急于寻找结论，也许会错，如前面所说。所以在“民主”上，请不要过于匆忙，以致犯了同样的错误。以后我们是还要谈到“民主”的。

同时请注意，有时候你可以骗过全部的民众，可并不能任何时候都能够骗过群众的。因为你也是民众中间的一个，如果可能，你是不希望被骗的。当你思考的时候，一定要留心，同时，附带一点，也不要欺骗自己。以为这在你是不费力气就可以办到的。也许这本小书可以帮忙你清除道路。

教训是：不可速断速决。

二、不要碰着天花板

我们再来看另一个问题。这一次，请多费点脑筋想一想。

假使你有一张薄纸，假定它的厚度是千分之三吋(0.003)，现在再拿另一张盖在上面，两张的厚度当然是一张的双倍。.003×2=.006，千分之六吋厚。现在再多盖两张上去，一起四张，那么该是.003×4=.012或千分之十二吋厚。这样接着算下去。第一次你有一张纸；第二次你有两张；第三次四张；第四次八张；第五次十六张……每次加一倍，如前所说。现在连续三十二次，问题是：“这个纸堆要有多么高？”你也许想这大约有一呎高？或者这简直如一间普通的房间一样高，从地板堆到天花板？或者直与帝国大厦同高？或是怎样？

正确的答案，这里一个都没有。你怎样想呢？在翻看下文以前请你决定一下。现在我们再做一张表，看看事实如何：

	纸张数	厚度（吋）
（1）	……………………………1	.003
（2）	……………………………2	.006
（3）	……………………………4	.012
（4）	……………………………8	.024
（5）	……………………………16	.048
（6）	……………………………32	.096
（7）	……………………………64	.192
（8）	……………………………128	.384
（9）	……………………………256	.768
（10）	……………………………512	1.536
（11）	……………………………1024	3.072
（12）	……………………………2048	6.144
（13）	……………………………4096	12.288
（14）	……………………………8192	24.576
（15）	……………………………16384	49.152
（16）	……………………………32768	98.304
（17）	……………………………65536	196.608
（18）	……………………………131072	393.216
（19）	……………………………262144	786.432

(20) ……………………………524288		1572. 864
(21) ……………………………1048576		3145. 728
(22) ……………………………2097152		6291. 456
(23) ……………………………4194304		12582. 91
(24) ……………………………8388608		25165. 82
(25) ……………………………16777216		50331. 65
(26) ……………………………33554432		100663. 3
(27) ……………………………67108864		201326. 6
(28) ……………………………134217728		402653. 2
(29) ……………………………268435456		805306. 4
(30) ……………………………536870912		1610612. 7
(31) ……………………………1073741824		3221225. 5
(32) ……………………………2147483648		6442450. 9

换句话说，最后那纸堆厚 6，442，451 吋，如果想换算成呎，我们用 12 来除一下，是 536871 呎，也许你要知道这有多少哩，那么用 5280 来除一下，因为每哩有 5280 呎，这样，我们得到 102 哩。请记住，每一哩大约有二十座城里的房子的长度。现在你再想想一百多哩高的一个大纸堆，你是不是又惊奇了呢？你的答案是不是估出来的，或是打算实验一下，真拿纸来堆起来量？或者是按照我们的方法来计算的？

现在我们把这几个方法讨论一下：

先说用手来估的方法，这我们有两点要说明：

（1）有时我们用手估得对，有时估得不对，只有一个办法，是随估，随检查，这样一面估一面检查下去。

（2）科学家与数学家也有用手估的办法。他们有许多好的想法就是估出来的。不过若非一再检查，结果是不能算作科学的与数学地的。

这是科学家与“密次先生”的一个大差异，“密次先生”有时觉得自己估得不错，就永远相信了手估的方法，事实上，每次手估的结果都应当检查，再检查！

其次，我们谈一下实验的办法：

这个方法一般都是认为很“实际”的。“假使你真正地在做一件事，你不会失败，能得到准确的结论的。”这常常是真实的。但是很容易看出来，在这么一个特例里，堆积一百多哩高的纸堆是不大可能的。假使你想试试的话，无疑的，你会碰到天花板的。所以，除非经过考虑以后，不要轻易认为某一件事是可能的。

最后，我们有计算的办法：我们可以看出，这办法无疑的是最好的方法。所以我们千万不要再说“数学是不实际的，只有用手来作才是实际的”的话了。这话有时是对的，可是并不永远对。假使你要说，这种计算的方法太头痛，我们要指出：

（1）至少这不比堆纸片来得头痛。

（2）还有一个简单得多的方法来计算的。可是，你如果想知道这个方法，你必须多读一点数学——数学里的一章：“对数”。这里我们不想解释，因为任何一本代数里都讲到了的。你可以翻一下，花一点功夫，学习一种方法，在很多地方这是对你有用的。

请记住，学开汽车是件很容易的事，或者学游泳也不难，任何事情都如此。可是，如果结果是值得的，为什么不肯用一点力气呢？事实上，只有一个方法可以使你一些力气都不费，那就是死掉。

教训是：醒转来，生活吧！用手去估时，每次都得注意，检查它！

三、薄纱纸的判断

现在你大概知道我们必须仔细的多想想了的吧？现在又有另一个问题给你了：

假定，有一个钢皮圈紧紧地绕在地球的赤道线上，假定你移动一下，在某一个地方切断，再用一段十呎长的钢皮连接起切断处的两端，因此新的钢圈比旧的长了十呎，假使你现在把新的钢圈套在地球赤道线上，它将比旧的松得多了，是不是？问题是：在新的钢圈与地球之间，现在有多大空隙？

（1）可否容纳一个六呎高的人走过去？

（2）够一个人用手和膝部爬过去吗？还是

（3）只可容一片纱纸滑过去呢？

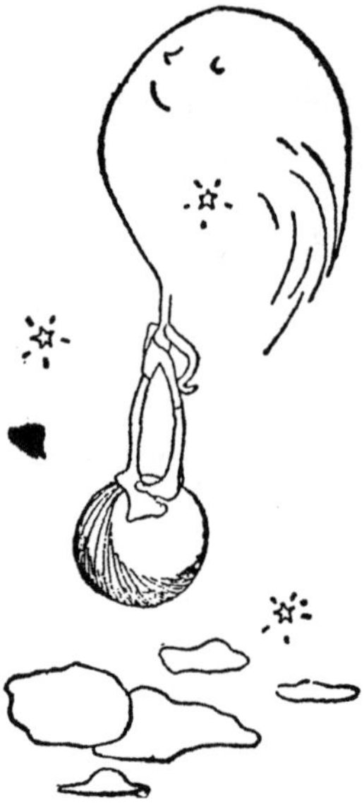

你是不是认为第（3）个是适当的答案？也许这念头在你的脑筋里出现过，因为十呎长的一段在本来是千万呎长的圈子中不会起多大的作用的。也许你已经学到一点，不应该太信任偶然发生的念头。你打算这么计算一下：

因为赤道的一周有 25000 哩长，如果用 25000 哩来除一下这短短的十呎，将只是一个极小的数字。所以，你觉得第（3）个答案是对的。

不过，这样的胡乱的想法委实不能算做“计算结果”。你根据什么理由来除这么一下呢？这种种做法所根据的是什么定律呢？假使你多考虑一下，你会发现实在没有理由这样做。换句话说，没有理由，没有计划，这种机械的数字的推算实在很少价值，这是因为你只能应用“算术”。

现在让我们理智地来想一下这个问题：

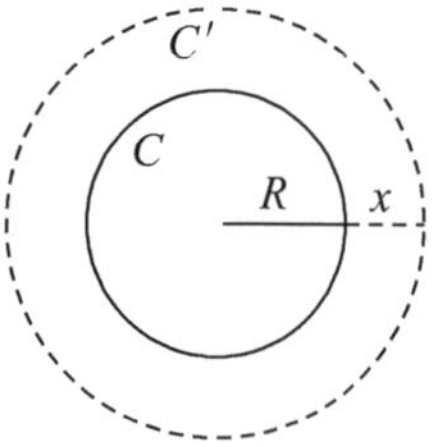

你大概知道一个圆圈的圆周（C）的值是将它的半径（R）乘一下 2π，这里是一个希腊字（读作派）。它是一个记号，它的值大约是 3 又 1/7。如果我们用更简单的方法表示出圆周的长度，那应该是

$$C=2\pi R。$$

这个值对任何的圆都是真实的，无论它们是多么大或多么小。

现在假使我们将半径增加 x 一段长度，另外画一个新的较大的圆，现在它的半径是 $R+x$，那么新圆的圆周应该是

$$C'=2\pi\ (R+x)，对不对？$$

这也可以写作 $C'=2\pi R+2\pi x$。

现在我们把这个和本来的 C 的值比较一下，原来 C 的值是

$$C=2\pi R,$$

我们知道，C'是要比 $2\pi R$ 大的，大多少呢，大了 $2\pi x$。

换句话说，半径增加了 x，圆周就增加了 $2\pi x$，或 $6\frac{2}{7}$倍的 x。

现在如果我们增加圆周十呎，如前面所说，那么，

$$6\frac{2}{7}x=10\text{ 尺},$$

$x=10\div6\frac{2}{7}$，或 $x=1\frac{1}{2}$尺（约数）。

那就是说，圆周增加了十呎，半径就增加了一呎半。如此看来，前面我们所作的第二个答案是对的。所以，你可以看出，一个人不应该像一个机械人一样的死板地计算了的吧？

现在，你已经知道了一个计算这类问题的聪明的方法了。再试试这一个：假使你现在从事一个长途的散步，顺了赤道绕地球一周（更假定地球是一个完整理想的球体），更假定

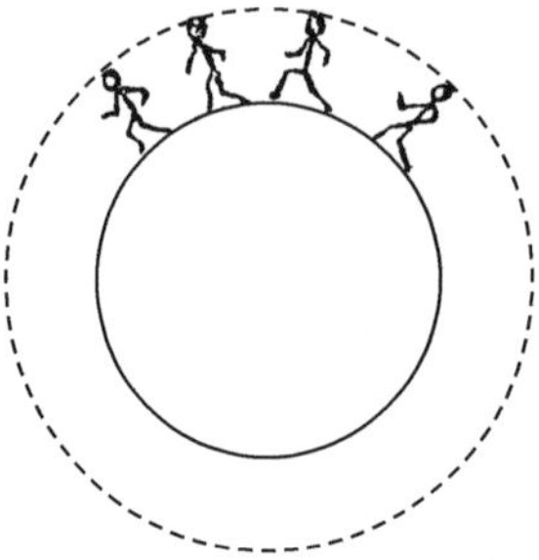

你身高六呎，那么绕地球一周以后，你的头比你的脚多走了多少路呢?！也许你吃惊了吧，散步时头要比脚多走一段路！也许你想这是与常识相抵牾的。不过，如果你仔细研究一下上面的插图，你会发现这个想法是完全合理的！因为，当你的脚沿了里面的圆圈走时，你的头部，很明显的，是沿了外层的虚线的圆圈走着的！

教训是：你的头的确能够比你的脚走更多的路！

四、综合

无疑的，你将发现上面一章里所讲关于圆周的一件事实是属于“代数”的范畴的。更也许你会从这事实而猜测到代数之不同于算术的是这样的：在算术里，每一次我们解决一个单独的问题；在代数中，我们就有一个通则，它可以适用于同型的许许多多的问题。

譬如，当我们计算一个长方形的面积时，它的底边是 4 吋，高是 2 吋，我们得到的答案是 8 方吋，这是“算术”。

但是假使我们写作

$$A = ab \tag{1}$$

时，这个公式说明要求面积 A（无论任何一个长方形）时，必须用底的 b 来乘高的 a，这就是“代数”。

换句话说，“代数”比起“算术”来更为“一般化”了。也许你会说，还并没有多大的区别，因为在算术中也是有一般的规则的。不过它们是用语句表达出来的，与在（1）式中用字母写出来的不同。这样，在算术中我们必须说："要求任何一个长方形的面积，就用它的底乘它的高。"但是在代数中，我们说 $A=ab$。可是，到底你也不过是想这只是一种方便的速记，并非什么全新的东西。

现在，事实是，这不只是一个方便的速记而已，而是用这种极为方便的符号来写出一个公式，特别是在一种远较上述为复杂的公式时为然——有许多事，我们很容易在一瞥之后即可明了，如果在一大堆复杂的话语中寻求其意义，则不免困难了。更进一步，如果我们学习控制公式时，我们会发现我们可以差不多自动的解决许多问题。不然，就要很费一番思索了。正如我们如果学会了开汽车，就可以容易地到各地方去。不然，就要跑一大段路，吃力非常。所以，你可以知道，我们明白的数学愈多，生活得愈为方便。因为这是解决一些事的工具，如果徒手来做的几乎是不可能的。这样，数学帮助了我们的头脑、手和足，在我们之间，可以造就出一批超人来。也许会说，"我喜欢走路，不情愿常时乘车，我爱用语句口述，不愿意常用抽象的号符。"对于这个的回答是："你自然会从散步和口述之中得到娱乐，可是当你有一桩困难的工作要做时，记住了要必备那些必要的工具。因为，不然你将发觉事情是完全不可能着手的了。"

所以，如果你希望做一个工程师，要造一座桥梁或是什么的，你必须通晓数学。假使你想知道目前需要储蓄若干钱，年老时就会有一笔经常的舒适的养老金时，请用一个公式。

如果你想知道，你向人家借了一笔钱，或是用分期付款的方式购物时，须付出若干利息，请你用一个公式。这里，还要提醒你，这些全是代数的公式，这里面有许多问题，只用算术是不可能解答的。如果你稍费力气，弄明白一些公式，那么它们对你的可惊的助力将要使你大为惊奇了。

事实上，现在世界上的问题并非我们已经有了太多的数学，而是我们有的数学还不够。因为，直到现在，在心理学上①，在社会科学上，和其它许多重要的学术园地中，还没有有力的数学方法可资应用。所以，打一个譬语，在上述那些学术部门中，即使最好的工作者也还是徒手的，徒步的（比说滑行好些），用普通的语言讲述着。也许在这些园地中，我们进行得很满意，但是，我们不可能在任何地域有长足的进步，因为我们的战斗是愈来愈大也愈好了。

无疑的，有些人是要这么说的："但是战争制造者正是军用着基于数学的新式武器。由于希特拉的成功，科学是要被咒咀的，所以，它是不可能引导我们到一种美满的生活里去的。"现在，我们忽在这里说明这是不确的——科学与数学不只可以保证我们不受水灾、雷袭、病疫和其他的身体上的伤害，同时在它们本身里面还有一种"哲学"，这哲学可以使我们不犯由于我们不严密的思想所产生的错误。如此，它们

① 如果想知道现在在这方面已有的成就，请读：(1)"*Mathematico-deductive Theory of Rote Learning*"(Yale University Press)。(2) L. L. Thurstone："*The Vectors of Mind*"(University of Chicago Science Series)。

可以成为一种实实在在反抗各种恶魔的力量，一个图腾柱(Totem Pole)，只要我们仔细研究一下就可以知道。

教训是：利用数学，使你的头脑成为流线型的。

五、我们的图腾柱

让我们把我们的图腾柱形象化地表现为一个茂名的五级整齐的块状体，如右图所示。同时我们可能想像这些块状体都是分隔开来的房间，在每间中有着一种特异的科学的局面现在我们要领你游历一下这个图腾柱的每一层。

第一层，那个立方体里面各含了所有的科学的小玩意，对它们我们全是如体地熟习了的：汽车，电冰箱，无线电，飞机，还有数不表的，googols① 的其它的东西。

这一层里边，你当然也可以发现坦克车，轰炸机和许多战争中杀人的家伙。也就是因为这个，有些人说科学是达反

① googols 是一种极大的数目字，等于 10^{100}，或者 1 的后面加上一百个 0. googol 这个字是一位美国的伟大的科学家，哥伦比亚大学的 Edward Kasner 教授的外甥开玩笑而发明的。现在这个字已很流行，不久当可见于字典。如果你想多知道些关于 googol 或 googol plex 和其他许多有趣的东西，请读“科学与想像”(*Mathematics and the Imagination* by Kasner & Newman)。

道德的。因为它毫不偏视地制造了多么为我们享乐的玩具同样也制造了破坏的工具。不过这些人大概从未爬上那个奇异的阶梯，那个引我们从第一层到图腾柱另外一间去的阶梯，这一间里面的东西和第一层里的是完全不同了的。

所以，让我们上去到第二层去。在这里我们看到一个伟大的工业上的实验室——在这里，第一层的那些玩意被发明，试造，制成了。在这一层里边工作的人们不做广告或出售的业务，他们的工作是发明。雇用他们的人告诉他们："我们需要一种更亮的灯，更便宜的灯，一辆跑得更平稳的汽车，一个用于于飞机上的更有效的解冻器。"——还有其余的一千零一件东西。这些发明家不容许他们的思想徘徊于有趣的问题之间。所有的问题都是别人交给他们的，而且必须要在一个合理的时间之内完成研究，"不然的话，……"这里所需要的只是现实的人材，而不是那些过于幻想者。因为任何时间他们可能被吩咐寻求杀人的有效方法——他们必须制造最好的长射程的大炮，最有效的毒气，可杀死最多的人的炸弹。不过当我们走进第二层之前我们会经决意舍弃这些东西的：然而这第二层似乎比了第一层有着更多的变成魔鬼的可能。也许这第二层如果被毁，第一层的那些玩意会得慢慢消减掉的。到底这些科学发明家不就是真正的魔鬼吗？

但是，让我们更上一层，看看第三层在进行着什么花样吧。这些人在进行着纯粹科学的研究，他们并非为制造家或政府所雇用，他们大抵是大学的教授，由于自己的兴趣所在而择选自己的题材的。关于他们的思想的实用问题，他们从不热心。他们是理论上的人物——他们发出许多最“无用”的问题。举例来说：“你把糖、水和柠檬混合在一起，要发生什么‘作用’”？他们称这为“糖的水分解”而不称之为“柠檬汁”。他们研究这个作用，作成许多不同的混合剂，仔细变易各种成分相对的溶量，用极性显微镜（polariscope）来检视，日复一日，年复一年，仔细写下纪录，在科学杂志上印出结论来。

这些劳力的投资会使他们致富吗？发胖吗？或在任何现实意义上给他们好处吗？一些也不。那么为什么他们还要这样做呢？答案是，他们只是为好奇心所引诱而已。间或第二层的人们也向他们咨询，不过这不是常有的事。往往他们只是写出他们的结论，不等知道这些结论到底会有什么实际用途而即死去。不过事实上，他们的结论确是时常被二层楼的科学家们所引用了的。当然，二层楼的人们发觉他们必须经常研读“纯粹科学家”的著作。不过事实往往如此，他们在工学院中读过的是，过去的纯科学家的理论之已写入教科书中者，而非印入纯科学杂志中的新研究出来的东西。

事实上，任何时间在第二层工作的人与第三层的工作者绝少相同之点。第二层里的人想想第三层工作者“大抵是张大了眼睛，灵魂出窍的大学教授，有些人简单是疯子。谁知道？最安全还是遵循了已经建立了的过去的定理，这些都已经被充分的试验过了的。”可是在另一方面，三层楼的寓公们也看不起二层楼的人们，以为他们只不过是一笔“受人佣雇的蠢材”而已。他们情愿把他们的研究结果留给未来的第二层的人们，“也许他们会站在一种较好的地位来欣赏这些的”。不过即使我们承认了这个，又怎能保证他们的研究结果被利用在合理的道德的方面去呢？我们怎能知道他们不是给下一代预储了一批多余的烦扰呢？不，让我们再爬到第四层楼上去看看吧！

这里我们看到了科学家——还不是“纯”数学家，因为他们住在第五层，和近代艺术家住在一起。第四层的数学家们通晓“学院派数学”（过去的）而能使用于三层楼的纯科学家的科学发明之上。他们收集了科学的纪录材料，整理组织以后，再得心应手地使用数学工具来研究。如果一个第二层的住客偶然来到第四层，这是很稀有的事，他真禁不住会笑出来。他看这批人的眼睛睁得更大了，比第三层的人还大，但是导游者告诉他说：“在你未看到第五层以前，你实在还不会看到什么东西。”至少在这第四层，你听见他们谈到几何、代数、微积分，这些东西你在高中或大学里是听到过的。可是在最高的一层上面，人们在饼干、煎饼上面画着几何图形（不是开玩笑！），也在橡皮纸上画着。在他们那儿，代数和算术里边，二的两倍不等于四！3+2的答案和2+3不一样，6×5也不等于5×6！！他们无疑和同住的近世艺术家们是天生的一对儿，他们如果在社会上找到一碗饭吃就算是运气了！可是，赏鉴家们还说他们的作品对未来的一代是极端重要的。真的，如果你看一下一些最现实最有用的东西，你会发现要不是那一批大眼睛的不实际的人，这些东西现在是不会存在的。这些，你在下一章里会看到的。

六、图腾柱（续）

举无线电为例，连同每种音乐演奏和别的重要的广播算在一起。我们回溯到第二层去，你会发现这层上有许多人为改进无线电的零件而发明了更好的真空管、天线之类的东西。可是如果没有马可尼（Marconi）这个人，一个二层楼的旅客，这些就都不会有。马可尼放出了第一个不成熟的无线电信号。可是要没有另外一个三层楼的旅客郝尔兹（Hertz）的话，他的发明也不会成功。赤尔兹证明了无线电通讯绝对可能的观念，因为他证明了电磁波的存在。可是他又从哪里得到启示而寻找电磁波呢？为什么，当然是由于一个四层楼的旅客，叫马克司威尔（Clerk Maxwell）的。他是第一个得到电磁波存在于“电磁场”的意念的人。他在这上面使用了微积分，得到了一套微分方程式，由这他获得一个结论，电磁波是一定存在着的。如前所说，郝尔兹继而证明了他的理论的正确。同时，很明显地，如果不是牛顿发明了微积分，马克司威尔也是不可能完成他的理论的。

事情就是这样发展着的。

你可以任意选择一样发明品，回溯它的历史，在你全部找到它的发展历史之前，几乎无例外地你必须走遍了全部的五层楼。

“但是”也许你会说，“你还全不会证明你的出发点，因为你所说的种种情形，对于坦克车、轰炸机也完全真实，所以科学对于善与恶是完全平等的。因而它究竟是不道德的东西。”

如果你重新读一遍我们告诉你的故事，无论如何你将很快地承认，并且更为衷心地承认，如果你肯听的话，科学是会告诉你一些别的事情的。举个例，再回溯一下无线电的短短的历史，在这中间有美国人、意大利人、德国人、英国人。如果看一下飞机的历史，同样地你将发现俄国人、法国人和其他国籍的人们。简单来说，“科学是无国际的”这个事实一定使你的印象异常深刻。同时它又告诉我们希特拉的人种理论是绝对荒谬的。它要告诉我们一个事实——假使我们静静地听——要想完成一件工作，合作是非常重要的。无论第一层第二层的人讪笑住在上层的人们，或者后者看不起前者，都是荒谬而无理的。因为在完成某一种工作时，他们是缺一不可的。难道这不是“民主”吗？

如此看来，我们可以知道科学并非不道德，却含有一种哲学给予我们，只要我们不局限第一层把那些发明品算做科学的而切断了他的头（上面的几层），而停止了它的血液循环（指所有的几层中间的关联）！

同时当我们更多告诉你一些关于前面所提起的奇异的代数和几何的时候，你就会明白数学还会告诉我们不少重要的消息——这消息就是“种种各异的数学系统是可能并存的”它们都为人类所创造，也都可为人类所控制。如果你把它施用于社会上，你会明了全是你自己的事，却创造一个为你自己所希望的好的世界——在这个新世界中，人类具有较他所配享受更多的自由和创造力。“人性是限定了的”的观念只不过是一种小说似的说法而已，因高头几层上的人们的努力

正企图证明“人性有无限的发展的可能”的事实。

简单来讲，大炮、坦克的本身并不是真正坏的——因为在某种情形下面一门大炮很可能做许多“好”事情。而是那些错误的观念如“国家主义”“独裁主义”对“人性”的偏狭的见解……总是真正的魔鬼。所以，错误的思想是比较大炮更为危险的东西！大炮和坦克都不过只是一种工具，他们可能被运用了来做好事或作坏事。它们只不过是第一层楼里的一些小玩意，而各层间的关联和默契所形成的科学的哲学观更给我们带来了一个极正确的消息：我们必须超越第一二层，单独这两层对人类是不够的。如果对于科学加以整体的研究，我们可以发现人性的本体是如此之优美，如前面说，人性的中心是由国际大同主义与民主所构成的。

因此我们提出下面的主张：

（1）假使我们采取一种远大的眼光来看科学，我们将可能欣赏其中所含有的哲学观——像在图腾柱中的那么个科学的整体，是的确可以保证我们免于恶魔的灾祸。

（2）对于最上层的住客们，我们应该加以一种特别的尊重与宝贵。只要想想一向我们叨了他们多少的光，就该马上停止过去一贯对他们野蛮的态度。原因是他们绝不努力于己身的物质享受，同时也再不要用这样的问题来麻烦他们："你现在所做的事到底有什么实用?""这一套与普通老百姓有什么关系?"实际上他们自己也不了解这些的。

他们的工作之为一种"自然现象"正犹如天然的油井或天然煤气或山岳、河流一样。让我们给他们自由，让他们去做他们要做的事。让他们住在秘密的小屋里对他们自己奇异的收获加以惊奇去吧。也许有一天我们可以给他们的研究结果找得一个现实的用途，这在过去历史中是数见不鲜的。至于他们研究的哲学含义，在目前已经使我们感到无用，因而对他们也觉得不值重视了。

教训是：喔，请注意听图腾柱上发出的声音！

七、抽象

在第四章中，我们知道"综合"是代数胜于算术的主要优点。事实上，在数学中，"综合"是许多基本方法之一，我们用以取得所有数学中新的结论的。

也许有人会说："综合并不是数学家独有的资产，每个男人都知道女人是愚蠢的，每个女人都知道男人全是痴子。同时每一个人也都知道所有的犹太人是银行老板，也是共产主义者。"现在我们不必批评这种综合法不真实，可是在数学上，值得骄傲的是我们用更小心的态度来综合的。

在几何上，就我们所知道的，我们研究点、线、面……之间的关系，也研究各种图形的性质（如三角形，圆形……)，还有各种立体（棱体，球体……)，同时，我们也知道，画平面图是在黑板上，纸面上，可是三元（three-dimensional 或三度空间）的东西，则必须做模型来表示，因为这样可以帮助我们理解实在的形象而便于研究。你当然明白无论用粉笔在黑板上，或是用无论多么尖的铅笔或钢笔在纸上，所画成的点是远较理想上的数学的点为大的。因为我们假定一个数学上的点是没有宽袤可言的。就是说没有长，宽，厚。同样地，即使用最精确的仪器所画的圆也只是一个数学的圆的粗陋的代表而已。如此，在几何学上我们所遇见的东西只是在物理世界中真实的东西的一个抽象而已。也就因为他们是抽象的，所以他们是绝对的而非近似的。举例来说，在一个数学圆的圆周上的每一个点距离圆心的距离是绝对相同的。但是你也许会问，“就算它们是绝对的吧，不过这只是存在于思想里面的东西，有什么好处呢?”不久你就会知道，抽象的东西对于一个数学家有多么重要，和他们怎样使用这些于现实的世界中。事实上，抽象的能力是人类之不同于禽兽的许多显著的特性中之一种。而且这种力量也不单独为数学家所使用，艺术家、音乐家、诗人和其他的人类都在使用着的。也许有一天，我们要用抽象能力以决定一个人的“人性”而不用智力为标准。因为一个人知道效忠于那些抽象的东西如真理、正直、自由、理智，而不是忠于一人或一个地方，那么他便有着人类的忠诚，比一个狗自然不同了。这里我们用一个“狗”字，请勿认为耻辱，因为狗的确是可爱的动物呀。(记住，你千万不要做一个速求结论者!）但它们毕竟是动物而非人类。可是什么是“真理”“正直”“自由”“理智”呢？这些字眼真会有什么意义的吗？如果它们的意义还不十分清楚，我们又怎样能忠于它们呢？难道它们不是一些人造出来的圈套，来骗其他的人们来相信这些毫无意义的抽象事物而加以奴役呢？等到你读完了这本小书，你探讨了什么叫“数学上的真实”，在数学上我们有怎样的“自由”，什么是在数学上被认为好的“理智”……，那么，你对于“真理”“自由”“理智”……该会清楚不少了的吧。当数学家逐渐地不得不探讨数学上基本条件的时候，他们研究了人类思想的唯一的本质——它的能力与它的限制。举个例，什么是人类造成的和为人类造成的“证据”呢？

同时，一定的，这当然要基于下列两点：

“我们人类到底是什么样的东西？”

“什么是我们可以期望于自己的最好的东西？”

教训是：做一个人，不要做一个老鼠。

八、“下你自己的定义”

如前所论，我们谈过，“综合”与“抽象”在人类的概念中是异常基本也异常有用的。我们必须特别声明，数学并不是这些概念可资运用的唯一的园地。

举例来说，一个伟大的交响乐不一定像一支普通的歌，一定要有特定的词句，因它是抽取了一个意念的意象，而不是供给一个意念以特别的实例。也因此而具有更广大的应用。同样的，一张伟大的油画也远较一张照像为抽象，因为它并不代表某一瞬间一个人的样子，它是画家抽象地描出了他的对象的主要的性格的东西。也许有的人会说：“我同意这种抽象是好的，因为我接受，一张伟大的油画比一张照像有较广大的自由的说法。但是看看那些近代艺术家的作品，简直抽象到一种完全不可了解的程度，这可又怎么说呢?”可是这里我们暂且不讨论近代的东西，因为第一部原是谈旧的东西的。我们将在第二部讨论近代的东西。在目前，我们只想指出一点，“综合”与“抽象”两种观念在数学中，在艺术中，……，是同时有“新”“旧”两面的。上面谈到它们的应用，在数学的范畴中，属于“旧”的，犹之乎人像画在绘画中是一种“旧”形式的抽象一样。而数学，艺术中的“新”的一面在一个未曾习惯的人看来，也还是非常奇异的。譬如，像前面说过的，在一个近代数学家看来，2×2 不必要是4!! 可是你不必为这个出惊，因为如果你读完第二部，你会变成如此的胸襟阔大（我们希望），那时你对新事物的看法会和看现存的一切同样的觉得合理的。

现在我们且慢谈关于未来的话，还是继续我们的故事。

在数学里面我们还发见了什么别的基本观念? 无疑的，你们里边许多人会这样说：“你当然要讨论这样的一个事实——在数学的部门中，我们将证明任何所有的事情，要对所有的我们的词语加以详细的定义，这样我们才能知道我们说的话的真的意蕴。而这件事的教训将无疑地是在每一次争辩中，我们要给每一词句下详细的定义，用数学方法示范。”

可是，我们很歉意的说，即使是纪元前 300 年的欧几里德早就声明要给所有的词句下定义是不可能的了，即使用数学

也不可能！什么原因呢，你想，要想证明一件事物，一定要援引另一批早就得证明了的事物，要想给一个字下定义，所用的字也必经先下定义。很显明的，在那思想系统的最初的阶段，我们还并无任何基础的。因此，我们必须由未经下定义的辞句与未经证明的假设开始。“但是”，你将要说，“事情不像你所说的严重，因为在开始时，我们总会有一些自明的事实。”这正是欧几里德所想的。在那时候，他的作如是想也是非常自然的事。在第二部里，你将会知道这完全不是一件新事情。不管怎样，现在让我们继续欧几里德的程途前进吧。在当时，他收集了所有的关于几何学的知识，加以整理，并不是杂乱无章的，而是像我们上面谈过的，他由他认为是自明的事实开始，用逻辑来证明其余的所有的事物。你会承认的，这是一个了不起的想法。从那以后，他的方法成为一种先例。但是，前面我们说过，你在本书的第二部中可以读到数学家在欧几里德的系统中所作的基本变革。因此，对于欧几里德我们虽应给予全部的应有的尊崇，然而也正不必像现在我们的几何学教科书那样，在现时代中还处处追蹑了欧氏的故迹，如奴隶一般。

教训是：进步产生于尊崇传统，而并不在百分之百奴隶似地跟踪着它！

九、代数与几何的联姻

假使你重溯一下人类的历史[①]，你可以知道在公元前四千年时，就已经发现了算术、代数中很多有用的东西了。在公元前三百年时，欧几里德也已经研究几何学达到了颇高的阶段。从那以后，数学上又有了许多新发展：

（1）代数学与几何学都有了更多的发展。

（2）它们联系起来，成为数学上的一个新支，解析几何——十七世纪时狄卡尔（Decartes）所创造。

（3）许多新的代数与新的几何发展了。

（4）所有数学上的基本观念都重新仔细考虑过了。

（5）逻辑学被审查过，新的逻辑学与起了。

（6）数学又新被运用于研究宇宙之用。

（7）由于上面各种发展的结果，数学家于是更为聪明，更善于诡辨了。

他们的"常识"是如此的发达，他们不能不看普通人的通常的常识像成人看小孩的常识一样。在小孩看来，每个人都是他的爹爹咧。要做一个伟大的数学家，自然需要有很多有力的思想，不过我们如果使普通人对他们的成就作一个乌瞰，似也并非难事，我们并不想让每个人都成为数学家。在这章里我们想介绍一下上面第（2）条所提到的十七世纪的

① 关于这一点，可读《数学的发展》（*The Development of Mathematics*），E. T. Bell 著（McGraw-Hill 书局版）。

一次奇异的婚媾和它的苗裔。狄卡尔提出如下的使代数与几何联姻的方式：

我们画两条互相垂直的线，一条是 X，另一条是 Y，如右图所示。这样，平面被分割成为四个“象限”了。

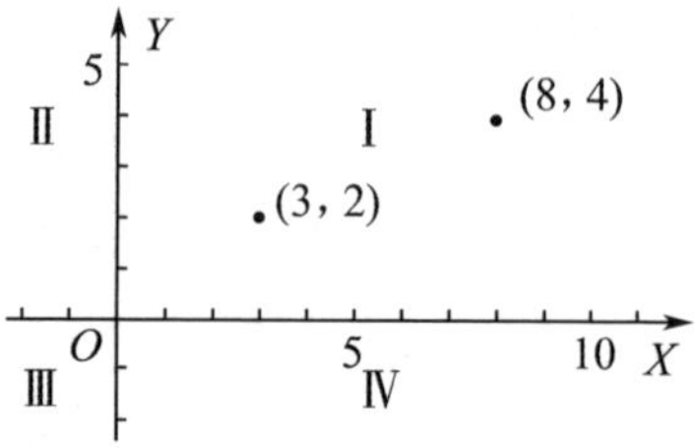

Ⅰ，Ⅱ，Ⅲ，Ⅳ，在这个面上的任何一点，我们都可以用一对数字来表示出来。例如（3，2）表示一点，它的位置在 O 的右方三小格，O 上面二小格。同样的，（8，4）也是一个点，它的位置是向右 8 小格，向上 4 小格。注意，每一点都有两个数字，第一个数字表示沿了 X 轴的距离，第二个数字表示平行于 Y 轴的距离。同时，如果第一个数字是负数，如 -2，那么我们就要向 X 轴的左方数去，而不向右方数。同样的，如果第二个数字是负的，我们必须向下数而不是向上数。如此（-4，-5）这个是表示一点，它的位置在 O 左 4 小格，O 下 5 小格，（参看上图）。同样，（-4，5）表示向左 4 小格，向上 5 小格，（4，-5）表示向右 4 小格，向下 5 小格，依此类推。

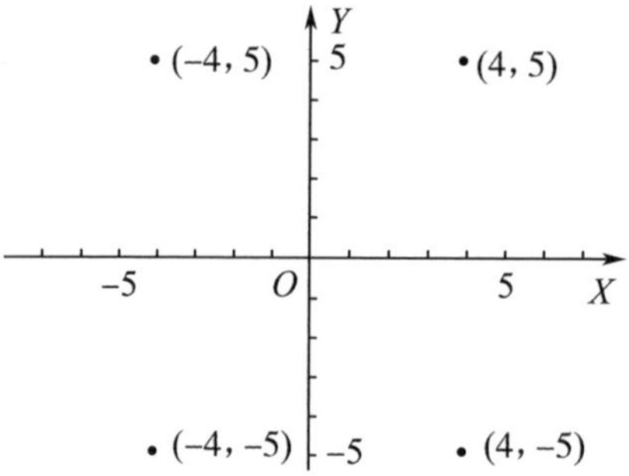

用这个简单主法，我们可以得到一张图解，用以表示排列成行的数字。同时还可以使我们对这个情报更为清楚。

举例来说：

假设某地某日的气温变化如次：

时间		温度
2时	上午	−4°
5时	上午	0°
6时	上午	3°
9时	上午	5°
11时	上午	8°
6时	下午	1°
9时	下午	−3°

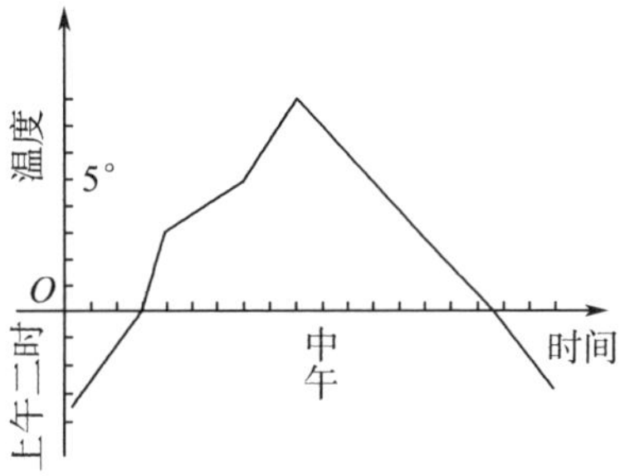

这张表格可以用右面的图来表示。你大概对于这类的图形非常熟习，因为最实际的商人们也已经发现了这种图形的非常地便利，对他的事业非常有帮助。这种图形可以利用了来作广告，来计算他的事业的发展。一个医生，走到医院里去，不必费心一个一个的去量，只要一看病人的温度报告图表，立时可以决定他应当到哪一个及需治疗的病人那里去。这许多事对一般的人都非常熟习，我们不必再进一步的讲述了。我们不得不感谢数学家们留给我们这个简单而实用的方法。

当“现实”的人们在简单的事情上应用了这个方法时，数学家也在欣赏而运用这个方法，并且将它的用途扩展到无限的地域去。现在我们不想详细叙述从这简单的“图形”发展成数学中的一支的解析几何的经过。没有“解析几何”，牛顿的微积分不会发明，而微积分在工程学、物理学、化学上的应用也就不会发生效用，而交通上的铁路、输船、飞机，通讯上的电话、电报、无线电，和其他在饮食卫生、保健、空气调节……，……的利益也就不会存在了。这些发明，各有专书加以描述，所以这里就不想复述了。

教训是：在你有空间的时候，何不找两本这类书来读呢？

十、附产物

这里我们想简单地介绍牛顿的微积分学里的一个主要的概念。

假使你乘汽车出游，车行速度是每小时40 哩。2 小时后，你可以走好远呢？显明地，我们用这简单的公式：

$$d = rt \text{〔距离 = 速率 × 时间〕} \qquad (2)$$

用这个公式，计算答案是非常便捷的。如果现在你行进的速度并非时时相同，那么，这个公式便不适用了。自然，我们需要一种能够计算速率不相同的行动的公式，让我们看一下怎样可以找到这么一个公式吧！

为便捷起见，先让我们把方程式（2）的图形画出来。在这特殊情形中，速率 $r = 40$，因此公式（2）变成了

$$d = 40t \qquad (3)$$

我们先作成一张表格任选 t 的值，而且（3）计算 d 的值（表见下页）。

因为方程式（2）也可以写成下式，$r = d/t$（求速率，可用时间除距离），在下面的图中，可以看出求速率，可以用相当的 t 的值来除每个虚线的值（虎线代表已经走过的路长）。

t	d
0	0
1	40
2	80
3	120
4	160
5	200

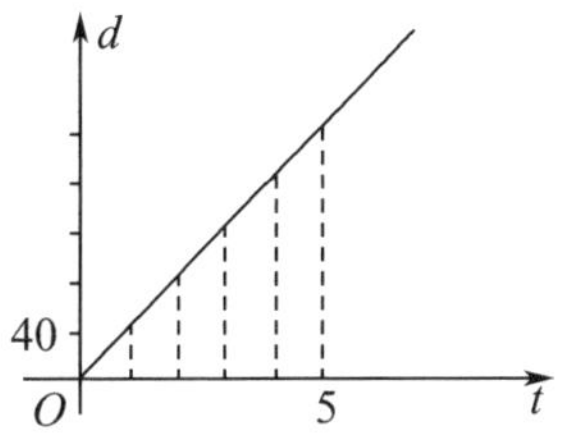

前面问题中所提到的问题，已经完全在上面的图中表示出来。横轴表示时间，竖轴表示距离，它们的比例就是速率。同时很显明地，如果一个运动的速率是常数的话，它的图形就会是一条直线的。

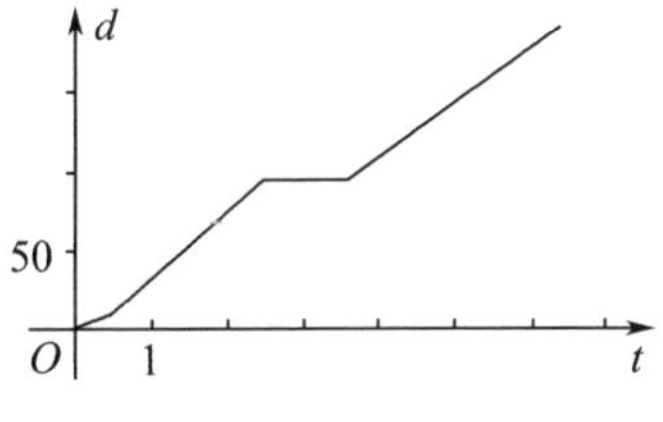

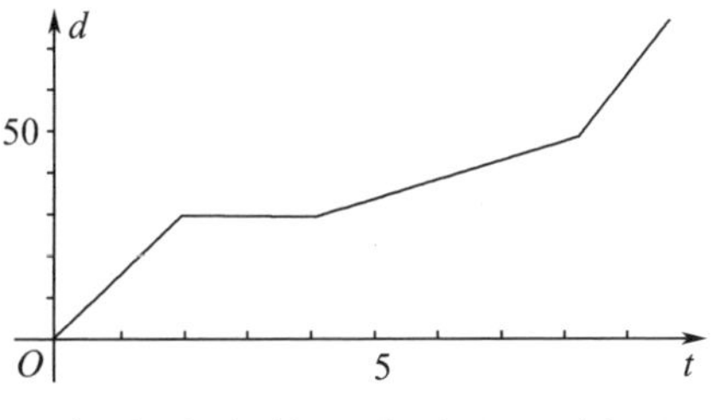

现在，如果一个运动，速率并非常数，应该怎么样呢？例如，在 1/2 小时中，你用每小时 20 哩的速率进行。随即增加速率为每小时 40 哩，保持这个速率进行 2 小时，然后停止一小时。此后 3 小时要用每小时 35 哩的速率进行。这应当是怎样的一张图形呢？那就是像上面左边的图所表示的。那么右边的一个“断续”图形又是表现着怎样的一种情形呢？在图形中，每一直线段，表示速率是一律的。但是当直线折继，斜度改变后，速率也就随之而变，等到直线再改变斜度为止，那一段里面，速率也是一律的。注意，在每一断线的地方，变换是突然的，照图上所示，这种突然的断续，不容许有加速或减速的可能。

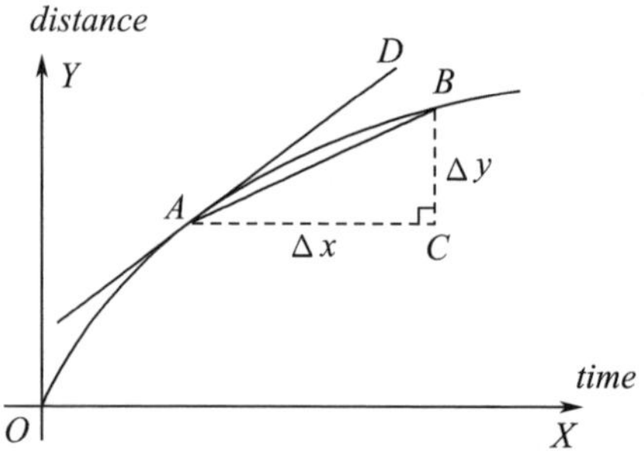

如果想表示加速减速的现象，就必需用右面的一个曲线图。X 表示时间，Y 表示通过的距离。在这里任何一种速率决不会保持一个可以估计的时间，速率是随时都在变动的。这样的不可捉摸的东西，我们怎样来加以计算呢？这就正是微积分学所解决的问题：第一步，假定从 A 至 B，是一种等速运动而非加速，因而它应由 AB 直线代表而非一条曲线。在 AC 一段时间内，运动的距离为 BC，它的等速率是 BC/AC。现在，假使我们求取 B 点时使其逐渐接近于 A，那么直线 AB 将逐渐与直线 AD 相重合。AD 系在 A 点与曲线相切之切线。这样，我们可以说在 A 时的真实的速率是 BC/AC 的“极限”（limit），而这个速率之存在只是瞬时间的事（因为在离开 A 点之后，切线的斜度将立即改变）。虽然如此，我们仍能“把握”住这一点而用数学方法表示出来的（这样的结果使我们可以得到数学上的运用）。现在，我们用 $\triangle x$ 代表 AC，$\triangle x$ 的意义即是从 A 至 B 的 x 差量。同样地，用 $\triangle y$ 代表 BC。这样，当 B 点渐近于 A 点时，$\triangle y/\triangle x$ 的比值也将渐趋于一个极限值。这个 $\triangle y/\triangle x$ 的极限值，我们用 dy/dx 来代表，这样 $r=dy/dx$（在 A

点时的速率）。这样 r 自然是逐点变化的。

现在，假使我们已经知道了原来曲线的方程式，从微积分学上，我们可以得到一种必要的工具叫做“微分”），利用它们可以求得任何一点的 dy/dx。相反的，假使我们知道了 dy/dx，也就是说，知道了“微分方程式”，也可以利用微积分学（这次是用“积分”）求得原来曲线的方程式。

现在我们再看一下，在这个常变的宇宙中最实体的问题上，大意是这样的。我们采取一小块地方区域，把在这小地方发生的情况用一个微分方程表示出来，从这个用“积分”求得结果。举例说，我们可以求得一个行星整个的轨路。仅就上面的短短的叙述，我们难于希望读者能感到伟大的微积分学的些微的意义，然而仅仅这样说，也就可以了。那就是说，这是一种使我们可以研究常变的宇宙的工具，非仅如几何学中的图形，永远不变，当我们去量它们的时候。这是一种研究变动不居，瞬息万状的世界的工具。为什么这种学问还不是数学的终极，难道说还有什么更奇妙的东西么？

等一下，等你读完第二部的时候。

教训是：学习用更快速活动的方法来研究善变的事物！

十一、第一部的摘要

在第一部中，我们尝试给你们下列的概念：

（1）一个人如果想不用数学来思想，就如同一个无助的孩子一样（请看第一、二、三章）。

（2）一个“实际”的人，不求理论只靠双手万能，难免不变成一个傻瓜（二、五、六章）。

（3）科学的价值不单在于它所给予的科学发明，还有它内含的哲学（五、六章）。

（4）综合与抽象（思想上的两个利器）对于任何的研究都是重要的。没有它们，你不可能作研究。但是你一定要学习怎样用它们总才合适。如果用不得当，当心它们是有“弹性”的，也许会让你吃亏的（参阅第17和18页）。

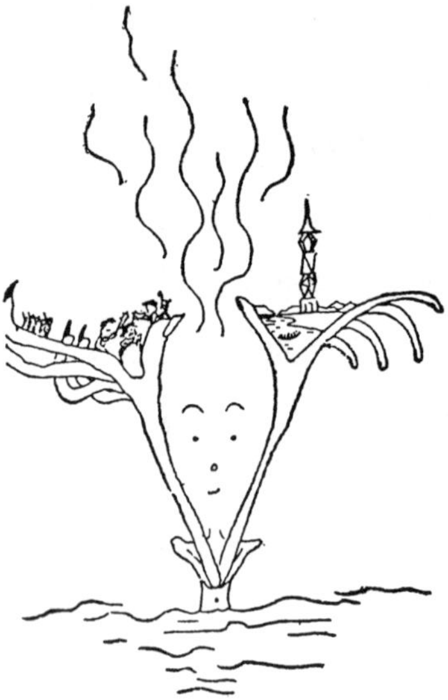

（5）不要总想得到一个肯定的“是”与“否”的答案。举例来说：“对于我们的先哲的遗教是不是一定要遵从呢？是或否？”只要研究一下数学的历史，我们就可以知道欧几里德的学说有多少是要保留的，有多少是要推翻的了。在第二部中，将要较详的讨论这个问题。在社会科学方面，你或许看到人们盲目地引证：引用宪法，引用卡尔·马克思，引用狄奥多·罗斯福（Theodore Roosevelt）[①] 有一个条件，你或者完全接受，或者全部拒绝。在数学上，我们是不一定要引用权威的。“就我们现在的

① 制订宪法的人，和引用的人们也许要十分惊奇于他们的门徒对宪法的用法的。

知识而言，欧几里德在某某几点是对的，但在另外的地方就错了。”而这个正是评论过去的一个健全的道路，它们有好的地方，也有坏的，我们必须借了智慧之光，来加以选择。

（6）不要遽作断语（一、二、三章）

（7）不要因为臆想常常错误而摈弃它。请读一下法拉第（Faraday）和别的大科学家的早期的手记，——你会吃惊于他们有许多研究是都由臆想开始的。但是，

（8）不要永远看你的臆想是了不起的，这有许多简直是可怕的！仔细小心地跟随着它们，不必沮丧，但要时时留心！

（9）利用人类历史长久的积累起来的智慧去判断一些学说和理论，如利用科学、数学、艺术之类。它们比了任何事物都更能表现“人性”。在这些地方你可以发现世界大同和民主是深深蕴藏在人类精神之中的（第六章）。

（10）更可以推出数学非仅为工程师而预备的，也不是仅为了一些只需公式的人们。这是一种思想的方法，生活的方法，对每个人都是异常重要的。

（11）任何一种数学的课程中都不会有从容的时间来考虑这些问题。它里面满是技术。我们必须停一下，从技术的运用离开，看看从它们我们可以得到什么概念，这对我们全体都是有用的。

第二部　新的

十二、一个新的教育

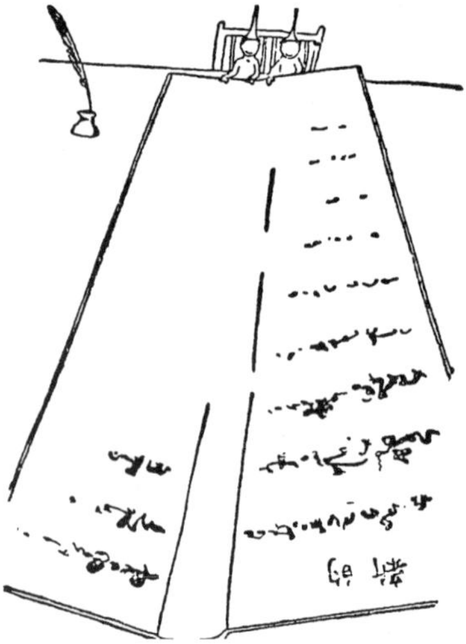

你已经知道了代数学是一种综合的算术，有许多困难的问题我们都可以借它来解决。几何学不只是对二度空间或三度空间的图形的研究，而又是一种样品科学，它的整体的结构是在一些基本的假定之下构成的——因此它成为一种“模型”，任何思想系统都可以之为例。解析几何是代数与几何的联合体，而且已经证明是非常有用的。同时，微积分学是一种研究动的世界的重要的工具。你也知道了，数学不单是作为一种技术而有用，同时也是思想方法的例型：它是明白的，正确的，简单的，多方面的。一小点数学的“理智的”研究可以给多少争辩带来了光明，即使所用的数学技术是很少的（看上部的摘要）。

也许你会说：“有什么新东西可看?”

事实是这样，第一部所谈到的数学中所有的异支在牛顿的时代（1642—1727）都已经出现了。他发明了微积分学。解析几何是 1637 年为狄卡尔发明的，欧几里德则退到纪元前 300 年去。在高中大学中所读的许多代数的历史更去从纪元前三千年前始一直算到牛顿的时代的。

这样，一个普通大学毕业生的数学知识大抵止于三百年前的所有的知识！而在最近一百年来，数学上又有了不少的新发明，比过去的所有的世纪中的综合还要多！如果在物理学的学程上也有同样的情形的话，那么大学生就会从不听到过飞机、汽车、无线电这些东西。在物理学上，这种情势是不可容许的。

但是在数学上为什么就可以容许了呢?

也许近世数学是太难了，只是有限的天才才可以明白的吧？全不是这么一回事！当然，这是要很少的天才们来发现的，可是这些新发现一点也不比旧的数学难以了解。

也许这只是一些教育家的惰性使然。一般的人不会知道他是损失了学习的机会，也就不会来争取学习了！我们以为他们从近代数学中所可得到的智慧，对人生的看法，是远较得之于旧的数学为多的。

请读一下下面的几章，看你是否与我们同感！

十三、常识

如前所说，研究几何学的一大价值是可以得到任何一种科学或思想系统的模型。因为它开始于一些基本概念，其余的概念与“假定”都由此用逻辑推得。欧几里德称这些基本观念为“自明事实”；有许多在他看来是如此的“本身明了”，他甚至觉得不必要提出来。例如，他觉得一个三角形之“内部”与“外部”的意义是显然的，他就不去下定义了。无疑的，一个普通人这时也会想这是“常识”，即使是傻瓜也会一看就明白的吧？

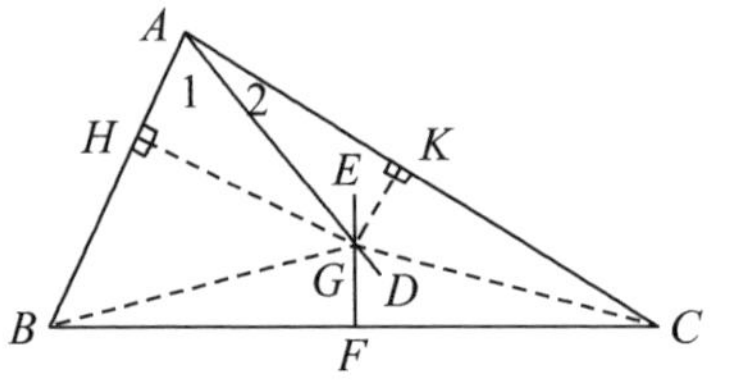

但是，马上他就会看出这种“常识”所发生的困扰，因为这可以引出下面的荒谬的结论：“假使一个三角形不是等腰的，那么它必是一个等腰三角形！”（你当然听见过，一个等腰三角形是一个三角形，有两边相等。）为了你能看下面的证明，你必须温习一下高中里读过的几何学，而这也并非难事。

照题设，AB 当然不等于 AC；现在我们要证明，所以 AB 是等于 AC 的！

第一步先画 AD 线。使角 1 = 角 2。然后作 BC 的垂直等分线 FE。如这三角形是等腰的，AD 与 EF 就是同一根线。现在因为这三角形不是等腰的，所以 AD 与 EF 一定相交。我们使它们的相交点为 G，再画 BG 与 CG 两直线；再画 GH 垂直于 AB，GK 垂直于 AC。现在 $BG = CG$，因为一条线的垂直等分线上的任何一点一定与该线的两端等距离。（这是一个有名的几何学上的定理，记得吗？）同时 $GH = GK$，因为在顶角等分线上的任何一点与该角夹边的垂直距离也是相等的。（又是一个有名的几何定理，也许最好你能手头有一本几何学才好！）这样使三角形 BGH 与三角形 CGK 全等，因为两个三角形各有一个直角相等，假使一个三角形的斜边与弦与另一三角形的斜边与弦相等，则这两个三角形必然全等了。（又是一条几何定理！）因此

$$BH = CK \qquad (1)$$

因为两个全等的三角形的相当边是相等的。同样的理由，可以证明三角形 AGH 与三角形 AGK 为全等，因此

$$AH = AK \qquad (2)$$

现在把（1）和（2）两个方程式加起来，我们可以得到 $AB = AC$。这证明了一个三角形两个不等的边是必须相等的！

也许你不会像数学家一样的喜欢这个结论了。现在，假使你的几何学还没有忘记，你会马上发现毛病出在哪里：AD 与 EF 固然可以相交，但是不像上页的图那样，而是在三角形的外边相交的。如下图所示。

这里，同样的，三角形 BGH 与三角形 CGK 全等，因而弄得 $BH = CK$，同样三角形 AGH 与三角形 AGK 全等，因而 $AH =$

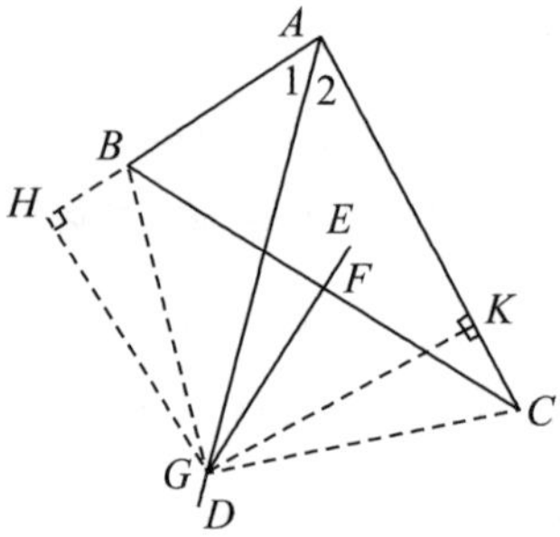

AK。但这并不能使 $AB = AC$，因为现在 $AH + BH$ 并不等于 AB 如上面的那种情形（虽然 $AK + KC = AC$ 是与前相同的）。因此，我们的结论也就不像上面那个的荒谬可笑了。但是你还不要忙着开心，因为你这儿不是用的逻辑而是用了图形来证明的！也许你要问，“这又有什么分别呢?!”

好，分别之处在这里，在几何学上，图形是从来不做备的。为什么？因为几何学不是那种东西。它是一种学问，其中的定理是用逻辑推理从基本假定得来的。如果一个三角形的“内旁”“外边”没有定义，没有一种讨论是可以建立在这种不存在的定义之上的。你是不是想这只是一种“遁辞”呢？但是以前数学家的确被这种事情愚弄过的，他们现在比较小心得多了——这正是我们希望一般人也小心的地方。这就像一个人决不会高兴为不载于法律里面的条文判罪。假使有一个律师为他辩护，说这种“不成文”的法律是无效的，他难道不高兴吗？

同样地，数学家由于事实上的碰壁而学不到根据“不成文”的假定讨论的经验了。

也许这个例子使你想起近代心理学中的一些事实。如对于一个个人的神经系统“潜在”意识能造成很多伤害，如果能使它转变成“意识的”，就可以像困难的发源那样治疗，避免了。这样，一个新的倾向像是在我们的潜意识上加以烛照，而使我们免于由此引起的偏见和错误的思想。

教训是：尽量合理化，对你脑子里的“不成文”的想法考虑一下。

十四、自由与放纵

如我们才看见的，近代数学研究中的一个任务是回到欧几里德的时代去，对他的“不成交”的假定重新鉴定，而使像上章的那一个“可笑的证明”成为不可能的，至少在欧氏几何中如此。而这又并非我们的任务，从数学家的书中读取一页，从他的经验中获益，使在其他的境地中的“可笑的证明”也成为不可能。只要避免引用“不成文”的假定就可以办到的。然而这还并非全部咧！

关于那些虽非“不成文”而确为一般认定的“自明的事实”又怎样呢？

这些中的一件即使在当时也还不是“自明的”：它是这样的，“经过一个定点（这点不在另一条直线上），只能画一条线平行于那另一条线”——即是出名的“平行线假说”。欧几里德不将它归入“自明的”一类之中，想法去证明它，但是失败了，最后不得已仍将它刊入“自明的”一类中，虽然这事使他不十分舒服。

又经过了若干年，出色的数学家又想来证明了，同样地也失败了。最后，不到 1826 年，有一件值得注意的事发生了。这个念头是在当时的不少数学家脑子里同时发生的（Lobachev-sky，Bolyai，Gauss），他们以为这个非但不是“自

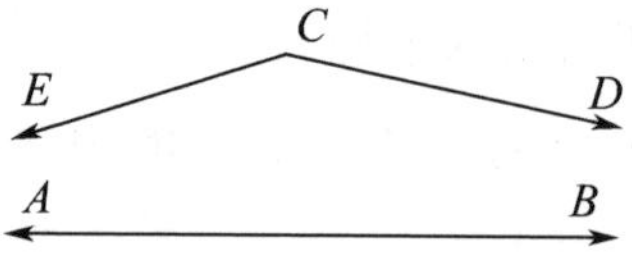

明的”事实，同时它是不是一定“对”呢？于是他们想法作一个新的假设，看看有什么后果，“经过一个定点（不在一条定线上）可做两条线平行于那条定线，一条向左，另一条向右。”也许一般人会马上提出抗议说，“这是不可能的”；现画下这么一张图来的时候就更不禁有些神经失常了。他说：“你能不能看出来，假使你画两条线经过 *C* 点，将没有一条线可以平行于 *AB* 的？因为 *CD* 与 *AB* 将在右面的什么地方相交，而 *CE* 与 *AB* 将在左面的什么地方相交的。只要有一点点常识就会很清楚地看明白这个事实的。”

不过我们不得不再向一般人们与他们的常识警告；它不但不是一件好东西，并且当他运用常识时，还非得运用据他所知道的更为小心的注意不可（不要忘记第一部的一、二、三章）。同时我们还得警告他不得胡乱应用图形，必须使他自己把握住逻辑，这是他的清明思想的最安全的武器。

当上面说过的三位非常聪明的人考虑到这个问题时（他们倒是真正各自进行，并不关涉的），他们发现在他们的奇异的假定中并没有逻辑上的错误，不过他们得到了一种完全不同的几何学而已！一种怪里怪气的几何学，在那里面，一个三角形的三个内角之和不复是 180°，而有名的 Pythagorean 定理也不复真实了，但是，逻辑还是完全无瑕的！也许，你要说，“怎么？一群大眼睛，空说的数学家们，发疯了，失去了所有的常识，用他们的愚笨的推理乱弄一气，得到了这可笑的结论。而我，一个普通人，简直对这一套看不惯，会发起疯来的?”好，你们这些人，当我们告诉了你这个，你又将何说?——在1868年，一个叫Beltrami的人发现，凡是这些东西，并非是无意义的奇谈，而是可以真正应用于一个叫做“虚构球体”（pseudo-sphere）的上面的！同时他也发现，古老的杰作欧几里德几何只可应用于一个平面之上，如一块黑板，一张纸。为了别种里，新的几何学是必需的，而这又都是非常合理的。正如下列，在地球表面上的几何学也是非欧几何①，因为这里同样的，三角形的三内角之和不等于180°：你想想这么一个三角形，它是由赤道的一段弧，与从北极画出的两条子午线的各一部分所构成的。这里两个底角都是九十度，因此三个角加起来绝对不会是180°了。那么，那些“自明的真实”到底怎样呢?显然的，欧派的平行线假说与非欧派的平行线假说完全同样的真实的。只是其中的一个应用于一种面，而另一种则应用于别一种面上而已！

因此，逐渐地数学家们被迫得到这样的结论：在数学中，与其承认基本假说为“自明的真实”（如欧几里德的作法），不如视之仅为假设来得更加合理，根据了上面的经验。

换句话说，数学家们现在会说，如果我假定了一些事，而根据了这些，用逻辑推理出别的论断来，并不与我自相抵牾。我所求者如此而已。因为，最基本的一件事，我从未考

① 参读非欧几何（*Non-Euclidean Geometry*）Hugh Gray与Lillian R. Lieber著（Galois Institute Press版）。

虑造成一种特别的平面以应用某一种几何，我的职务只是研究直觉可能想得出的事而已。在某种意义上，这确是一种心理上的问题；而在有些情形，我发现我有着很多的自由，而有的情形，则寸步难行。如此，我有自由可以任意选择任何基本假定，只要保证一点，它们之间彼此必不自相矛盾。用这种方法，我可以发展所有的思想系统。有一点使我奇异，就是它们之中许多是在这个物理世界中可以实施的。根据过去的经验，我感到其中更多的在将来也将有用。但是我的确是被一种大的好奇心和快乐所催迫，在我所造成的真实的不朽的世界中。在一个初出茅庐的人，这或许是像神话一样的，不过我觉得它们不仅富于引诱力，而且还为“到底什么是人类的思想”的问题带来了无限的光明。

注意，他对于“在何处自由终止而放纵开头”① 的问题有着清楚的了解。他对下面的一点透澈的了解，他不能介绍任何引起矛盾而破坏了全体的东西进入任何系统。

拿那些为自由主义者而言，他们试招进来一套民主的思想，而这个却正好损毁了民主的本身。应该逼令他们详细阐述他们所认识的民主的基本条件是什么；他们将会发现他们现在主张的许多东西与他们的基本观念相矛盾。他们于是不得不接受这样的说法，即使言论自由的本身，有时也有限制

① 参看 G. J. Keyser 所作的一册好书：《数学的哲学——一个命运与自由的研究》(*Mathematical Philosophy, A Study of Fate and Freedom*)(Dutton 版)。

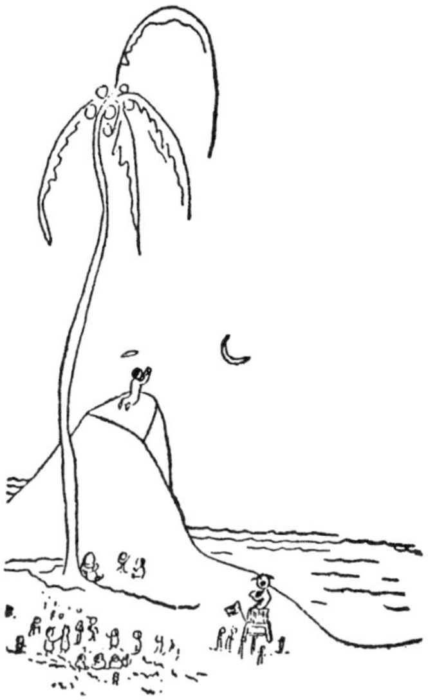

的必要，以免与其它的民主条件相矛盾。因此在民主中间，也不容许民主的敌人利用言论自由的招牌来破坏民主，这是不合逻辑的！

同样的，企业的自由也必须为其它的民主的条件所限止。

这样，你可以看出，数学可以给多少问题带来了光明，而这在人们看起来，是平凡的可以马虎的；因为他们没有受过用十分小心的方法去考虑事情的训练，而这种态度却正是数学家工作的方法。他们对于纯正思考有一范例，我们全有尝试仿效之必要。这种思考并非虚伪思想者的喧声辩难，更正确点说，它倒是安静的，忠实的，小心的，合宜的。

教训是：不要太坦直——用数学的方法。

十五、傲慢与偏见

我们希望这一次你不会作如此想：“世界上只有一种几何学——好的欧几里德旧几何；也许在高中时它给我们以不少头痛，可是至少它是可尊敬的。”而且你也别倾向了哈代太太的意见，在那一张“安哈代会晤小毛头”片子中，她说：“好人决不转变”；你应当与已逝的大法官 Benjamin

N. Cardozo 表同感，他说，“我们却须提防思想上的孤立，而把每一种违反习俗的事情，看做洪水猛兽。”

如果你依然有所疑虑，我们想在这一章里为几何学作一个简单而可喜的例解，它可以使你的头脑变得可爱的柔软，在你适应这个变动的世界时，将感到十分方便了。

我们还要提醒你的注意，即使新的观念在数学中习见而欢迎，可是这种观念到底并非孩子的谚语。

记住了这一个备忘录，现在可以开始了。

你知道在欧几里德几何学中，一个平面，即使一条直线，也是包含了无限的点的。现在，在目前讨论的几何学中，这却是不确的；这里，在整个的几何学中，只有二十五个点，因此，我们称它为有限的几何学。

现在我们用英文中的二十五个字母来代表这二十五个点，包括了从 A 到 Y 的廿五个。同时，让我们安排它们做三堆如下面所列：

A B C D E	A I L T W	A X Q O H
F G H I J	S V E H K	R K I B Y
K L M N O	G O R U D	J C U S L
P Q R S T	Y C F N Q	V T M F D
U V W X Y	M P X B J	N G E W P

现在再做下列的假定：

（1）一条“直线”代表上面三堆字母中的任何一“纵列”，或“横行”。

（2）一个“点偶”（point-pair）被认为与另一“点偶”

符合，当它们同发现于“横行”（或同发现于“纵列”）。并且两点中间相隔的间隔数在两者又有相同的话。

这样，AB 与 HI 是符合的；QS 与 MX 是符合的（虽然 QS 是在第一堆的“横行”中，MX 却是在第二堆的“横行”中）。AK 与 WD 符合……。但 AB 却不与 GI 符合……。

还要注意，AB 与 TP 也是符合的。因为在第一堆中，我们算 T 与 P 之间的间隔数也是一：因为到了一个“横行”或“纵列”的末尾时，就又跳到第一个字母继续数下去。

同时 AB 不符合于 AF，因为 AB 是“横行”中，而 AF 则在“纵列”内。再看上面的第二个假定（2）它们必须同是在横行或纵列中而不是一在横行一在纵列的。还有，“符合”在这里的意义与在欧几里德几何中的不同。在欧氏几何中它（符合）是还包含有“距离”的意义的。而两条线段的符合，只要彼此完全相合就好。但在这里，完全没有“距离”与“重叠”的问题，只是“间隔数”的问题。

还有，“直线”在这里并无如欧几里德几何中的相同的重要性——这里，它只意识着任何一个“横行”或是“纵列”。如果要强调这些差异，最好是将这些字堆排列做右面的样子。那么，你对于 ABCDE 为一条“直线”就不会有什么疑惑了。为什么？这是照上面第（1）条的假定的。

现在，我们认为两条直线如果“平行”，那就是它们没有一个共有的点。这真是“平行”这个字的一个颇好用的法，不是吗？如此 KLMNO 是平行于 FGHIJ 的；但是 ABCDE 与 BGLQV 却不平行，因为它们都同有着 B 点。

同时，这儿更不会发生两线相交的问题，假使“充分的延长”了的话。因为这里是不可能延长的，除了这些字母之外，实在更没有点了。所有的点，一瞥之下即可了然。在欧几里德几何中，两线“平行”，不但它们没有一点共有，而且它们是“无论在哪里都保持着等距离”的。但是这里，“距离”是没有重要的意义的了，因而这第二条特性就不存在了。像 BGLQV 与 EJOTY，算是彼此平行的，使我们一些用不到顾虑。

换句话说，数学家建立一个新的系统，有一个方法就是利用一些旧有的熟悉的字眼，如“平行”，考虑它所有的特性，保留一些，而取消另一些，这样它有了新的自由，却又不全与旧有的断绝关涉。

这里，一般的人又有了一个新的教训，一个提示，怎样去看一些新的事物：不必完全与过去相隔绝，只要改造，修正，使与新要求能适应就好了。记住，一个全新的几何学，只是更易一条假定就发现了（参阅第 37 页）！

现在我们再看一下，在新花样中，三角形是怎样的东西？任择三点，H、L、R 它们做成一个三角形，三个顶点自然是 H、L、R，三个边则是 HL、LR、HR，同时，直线必须在行列中取得而不能择取对角线，这样，HL 边是在第三堆中，LR 在第二堆中，HR 在第一堆中（见第 40 页）。如此，这三角形是全被肢解了，好像毕伽索（Picasso）的“L'Arlésienne”里的妇人一样。还有，偶然的 HL、LR、HR 三线又相符合（因为它们全在“纵列”中，又全是两个间隔的“点偶”），因此我们的三角形是等边的。如三角形 ABJ 是等腰的而非等边，三角形 AST 则什么都不是。

在这里，一个圆的定义是：一些点，它们中的任何一点与中心点做成的“点偶”彼此都是符合的。例如取 A 为中心点，AB 为半径，那么 B、E、I、W、X 与 H 都是在圆周上的点，因为 AB、AE、AI、AW、AX 与 AH 全是符合的。因此，在这里一个圆它的圆周上只有六点。你一定非常惊奇，发觉所有的欧几里德假说在这里都有它的意义，虽然这小小的几何是如此的贫芜，还有许多欧氏的定理，在这儿也都适用的。例如，一个三角形的三个高（altitude）是相等的，那么它的三个边的垂直等分线与三个中线（median）也都相等。还有，中线的会合点是在一条线上，这条线是连接前面所述的另外两个会合点的。同时又分那线为 2∶1 的比例，都与欧氏几何相同。

还有，如果一个四边形的两边相等而兼平行，那么另外两边也就相等而平行。一个平行四边形的对角线彼此等分，一个菱形的对角线是互相垂直的。而一个圆上的任一点有一条而只有一条“切线”（就是说，只有一条线与一个圆能有一点相同）。

事实上，在圆锥曲线（conic sections）上的全部定理在这里都可以应用……

我们可会听见一些讥讽成性的人们说，“是这样吗？”如果不错，我们可以指出：

（1）这种“有限几何”（Finite Geometry）是因代数学与

数论上的一些问题而产生的!（请看，讥讽成性的人们，请勿太忙于断定一件事是无用的——也许只是因为你的知识有限，才说这是没有用的吧!）

（2）注意，这整个事实是建筑在逻辑上的，用不到圆形——如前面所说的三角形（参看第 42 页），事实上不再像一个三角形。至于圆形更是奇特的很（完全肢解了）……这许多都毫无偏见的强调了事物间的关系，同时证明了几何学是一种逻辑，而并非一些圆形!

教训是：避免表面上的现象!保持一个清醒的头脑藏在它的后面，去发现在那老的可爱的宣传的背后是什么东西。用这个方法，可以引导你看到一些奇异的、“肢解的”、近代的东西，可是不要让这些奇异的东西惊吓了你。深深的生根了的偏见比了新奇的东西还要坏!

十六、二的两倍不是四!

也许现在你的头脑已经近代化的可以，不会再为可笑的肢解了的三角形与圆形而扰乱，并且相信，这里也许可能有些优点的了。可是，“二的两倍不是四!”也许这是太有点过分了。

现在让我们把这个解释清楚。如前所说，在几何学上发展的一个方法是采取一些旧的熟悉的字眼，如“平行”，而再润饰一下，使它可以用于一些新的用途，现在也许你不相信，可是在代数中，你已经有了相类的练习了。举个例，在你中学一年级开始学代数时，你熟悉了“负”数（negative number)，与普通算术中的正数不同。

如此，我们用一条线上的点代表数，我们可以把正数放在 0 的右面，就像：

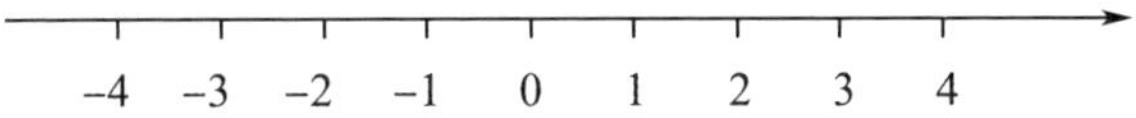

而新的负数则在 0 的左面。这样在代数中，你认识了一堆新的数，与算术中的完全不同了。无疑的，你知道这些新数与旧的是同样的“实在”的。例如，零下 5 度的温度（-5°）与零上 5 度（5°）是同样的真实。你欠了人家 50 元（-＄50）虽然不大愉快，也与你袋中有着 50 元同样的真实，问一下欠过债的朋友就可以明白的。

你当然也记得，这以后你学到把这些数“加”起来和“乘”一下又是什么意义。

也许你记得这些新定义，当时它们在你看来是如何的奇怪。“加”起一个负数与一个正数，只求“求它们的差，再加上一个正负号，与原有较大的数目的符号相同”。或者用平凡的话来说，如果你想将 -5 元与 3 元加起来，答案是 -2 元。因为你欠债 5 元，而仅有 3 元，要想平衡收支，你偿还 3 元的债务，结果还欠债 2 元。换句话说，“加法”现在变成“平衡收支”了。你当然不会为这事实所迷惑，当你“加”的时候，有时候你实在是在“减”，正如你听到一些中学里的孩子们所说的话。事实是，他们谈到“加”时，用的是代数意识，而在“减”时则是“算术”意识了。

这样，你是早已经有了这样的经验，为了进步，在数学中使一个字的意义变化。

如有人读过一点基本物理，他对“加”就另有一个新的意义，例如：一个 2 磅的力施于一个物体 *A* 上，如下图所示，而又有另一个 2 磅的力量在另一方向施之于 *A*。问题是，*A* 将向哪一个方向移动呢？终究推动它的力量有多大呢？

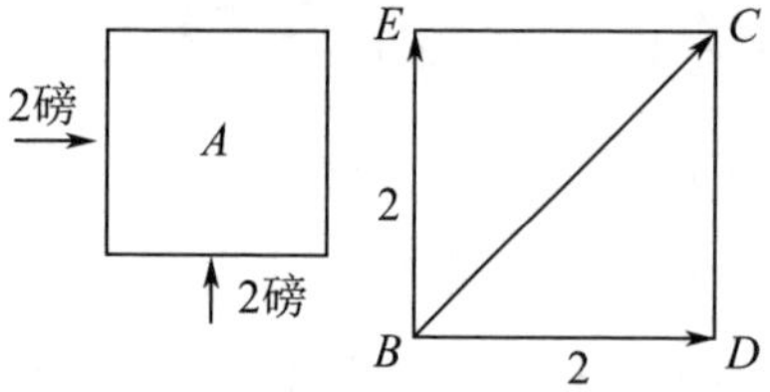

也许你记得这个问题是用力学四边形的方法来解答的。如下：画 *BD*、*BE* 二线，代表两个力，用了方向和数量的单位。如此，将这平行四边形的另外两边完成了，画出 *DC*、*EC*。现在 *BC* 线就是原来两个力的“合力”。从三角形 *BDC* 中，*BC* 的长度是很容易就可以求出来了的。在上题里，大概等于 2.83 磅。所以，这里 2 + 2 不是 4 而是 2.83！再有，如果 *B* 角并不是直角，2 + 2 就是别的数字了。因之，在物理学上，求力的“和”我们是必须考虑一下那个角度的。每一个不同的角度，我们可以得到一个不同的 2 + 2 的答

案！你大概承认这里没有什么问题了吧。这完全合理，不是吗？现在我们更为了解，在数学上，我们有制造任何有利的假设的自由，只要他们彼此不互相矛盾。在这种意识之下，许多不同的代数学与几何学都建立起来了——事实上也早已建立了起来。其中有许多真有可惊的用途，例如波林代数（Boolean Algebra）①（用于逻辑），用它可以试验一大串法律事实的相符与否，只要将它们用"代数"的方法表列出来，在波林代数中，再用代数中的方法去应付就成了。这个用以帮助"清明思考"的工具之应用，用在一般的"人生事件"中，到现在还未得多数人的称赞②！现在为了给你一个与旧代数面目全非的代数的观念，这儿我们少谈一些"有限代数"（Finite Algebra）为前哈佛大学的 E. V. Huntington 教授所创说的③。

这部小小的代数的基本假说几乎与普通代数无别，只除了一个。还有，它里面只有九位数字：0，1，2，3，4，5，6，7，8。可是，你认为这与你日常应用的数字是同样的；还是把它们当作九个符号好些。对于它们你将按照一些定例加以运用。正好像你学习玩一些新游戏一般。

这样，我们给你两个表格，在这两个表格里面，你可以求得任何两个数目的"和"或"积"。

① 一八五〇年，Boole 首先作这个想法的。

② 参看 Alonzo Church of Princeton University 的逻辑论文（Galois Institute Press 1942 版）。

③ 参看 *The Fundamental Propositions of Algebra* Galois Institute Press，1941 版。

"和"的表

	0	1	2	3	4	5	6	7	8
0	0	1	2	3	4	5	6	7	8
1	1	2	0	4	5	3	7	8	6
2	2	0	1	5	3	4	8	6	7
3	3	4	5	6	7	8	0	1	2
4	4	5	3	7	8	6	1	2	0
5	5	3	4	8	6	7	2	0	1
6	6	7	8	0	1	2	3	4	5
7	7	8	6	1	2	0	4	5	3
8	8	6	7	2	0	1	5	3	4

"积"的表

	0	1	2	3	4	5	6	7	8
0	0	0	0	0	0	0	0	0	
1	0	1	2	3	4	5	6	7	8
2	0	2	1	6	8	7	3	5	4
3	0	3	6	4	7	1	8	2	5
4	0	4	8	7	2	3	5	6	1
5	0	5	7	1	3	8	2	4	6
6	0	6	3	8	5	2	4	1	7
7	0	7	5	2	6	4	1	8	4
8	0	8	4	5	1	6	7	3	2

这里，查表可知　$2+2=1$，$7+1=8$……

$5\times7=4$，$2\times2=1$，$8\times0=0$……

这里使我们感到兴趣的是兴许多种几何一样，许多种代数中的基本观念也是可能的。如 2 的倍数可能是 4 也可能不是 4，全看问题中的代数而定。所有这些代数与几何都是"人为的"，所以其中也不会有任何一种绝对的；也没有一定哪一种是代表了真理。而且这里的全部或一大部分是非常有用的。人也许不会去寻找真实，也许永不会找到真实，但是他可以用他的思索的能力作得很好！

这并不说，人可以向上帝说："看，我和你一样的了不起，我全不需要你。用了我的理智的力量我可以过得很好的。"

全不是这么一回事！

相反地，我们保留，人离开上帝还很远，他也许将永远不会知道真实。

这强调了人类的谦虚更甚于人类的骄傲。因为人只有他自己的理由，而并非上帝的理由，让他尽量去发展利用吧。他会得到不少可贵的收获的。可是不要使他吹法螺说他“知道”真理！

教训是：第一部第七章的末了，我们会说：“做一个人——不要做一个老鼠！”现在我们更加上一句，“做一个人，不要尝试去当玉皇大帝！”简单的说：“普通的人们呀，还是做你们自己吧！”

十七、抽象——近代式的

你记得我们在第一部里提出了抽象的重要，在那儿我们答应多谈一些为近代数学家所使用的抽象。

好了，现在你已经看到了奇异的新的代数与几何，现在你将进而欣赏另一种更为抽象的系统。这里，我们不用点与数目做诸元，而且另外四样东西：“粉笔”“红颜料”“椅子”“桌子”，它们的任何两个的和与积都可以从下面的两个表中求出：

“和”的表

	粉笔	红颜料	椅子	桌子
粉笔	粉笔	红颜料	椅子	桌子
红颜料	红颜料	椅子	桌子	粉笔
椅子	椅子	桌子	粉笔	红颜料
桌子	桌子	粉笔	红颜料	椅子

"积"的表

	粉　笔	红颜料	椅　子	桌　子
粉　笔	粉　笔	粉　笔	粉　笔	粉　笔
红颜料	粉　笔	红颜料	椅　子	桌　子
椅　子	粉　笔	椅　子	粉　笔	椅　子
桌　子	粉　笔	桌　子	椅　子	红颜料

如此：椅子＋红颜料＝桌子。同时，红颜料×粉笔＝粉笔……粉笔、红颜料、加、乘……并不保存原有的意义了。只不过照我们所选定的某一种假定而加以运用而已。

为了不使读者混淆起见，抽象的加与乘有时是用⊕与⊗的符号来表示的。这与普通的加，乘的符号有别（＋与×）。当然，⊕与⊗并不会有某种明确的意思，因此，近代数学家也就有更大的自由来证明，推展每一种系统。这种种系统，推而用之于某种一定的问题时，有时很有伟大的现实的效能。

但是数学家的任务是将它们造成抽象的形式，以便在某种需要时，即可运用。从此可以得到一个结论，就是一个重要的近代趋势，在数学上，是愈趋于进一步的抽象化了。同时也可知道这是怎样的一个自由与力量的源泉。

在二十章内，这同一抽象的趋势，对于近代艺术的发扬光大是如何的重要。

教训是：趋于近代化，学习欣赏抽象。

十八、第四向度

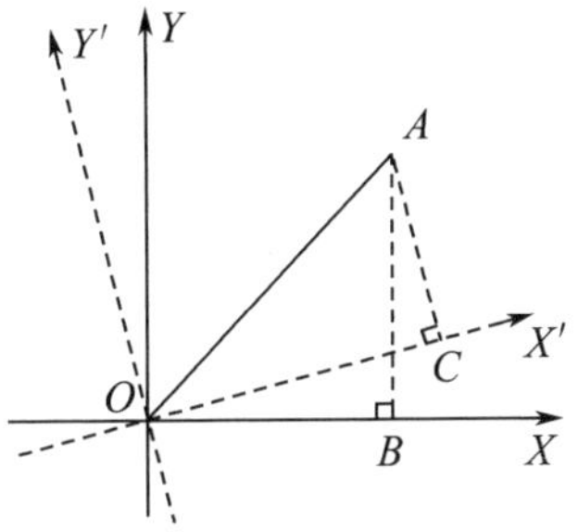

“很不错”，你也许会说，“我现在承认这是有种种不同的几何与代数的，只要我们开头定许多新的定义，再给旧的字眼一些新的意义。不过我仍旧觉得有一桩事实，即是的确有一个叫做“真理”的东西，我承认，二的两倍是四并不是一个太好的例证来说明它，如我曾经想过的。可是那现实的物理世界又怎样呢？自然，在这里我们并不十分自由，依照自己所想而定一些假定。我们不但要为清醒的数学的思想所管制——它只制止一样事情：自相抵牾——而且，在物理世界中，同样我们要被制于客观的事实，这是我始终认为真理的东西。”

因为你的确是受过了相当教育的人，你将这样地接着想：“假使有这么个人，我们叫他 K 先生，要量从 O 到 A 的距离，更假定，为了某种原因，他不能直接量，只得用间接的方法去量（像许多三角学里的问题一般），只量 OB 与 AB 了，利用 X 轴与 Y 轴。他现在可以用 Pythagorean 定理来计算 OA 了：

$$OA=\sqrt{(OB)^2+(AB)^2}$$

现在另一个观察者 K'先生，觉得用另外一副轴 X'和 Y'便当些，他量了 OC 与 AC（代替了 K 先生所量的 OB 与 AB），如此计算：

$$OA=\sqrt{(OC)^2+(AC)^2}.$$

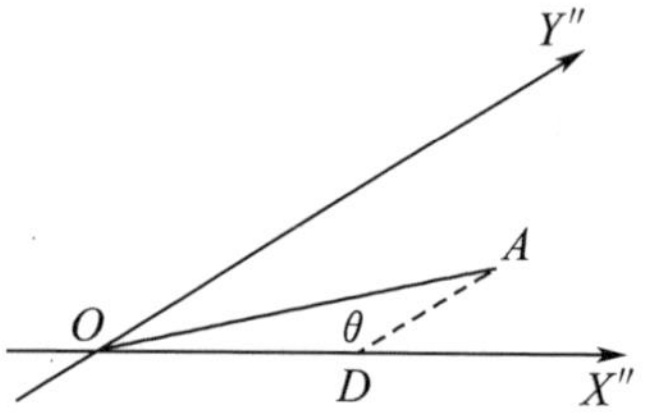

现在 *K* 先生与 *K′*先生虽然所量的物事不同，他们求得的结果却是一样的！”对本书第一部有了深刻印象，又看出了这可能性的先生们又说了，“我提醒你，假使有一个更为个人主义的 *K″*先生想要利用不垂直的 *X″*与 *Y″*轴，如上图所示，他还是照样可以计算 *OA*（虽然他现在是量 *OD* 和 *AD* 了），他用三角学上一个著名的定理：”

$$OA=\sqrt{(OA)^2+(AD)^2-2(OD)(AD)\cos\theta}.$$

他也得到了同样的结果！现在我的结论是，不管 *K* 先生 *K′*先生 *K″*先生的个人主义怎样，他们还是可以协力地“工作”，因为他们承认同一个结论，在这里就是 *OA* 的长度，也就是我所认为的客观的事实。因此，我相信“善邻政策”（Good-Neighbor Policy）的可能，许多人可以有些微限度的个人主义，但都能同意某种事实。”

好，先生，你所说的一些事，我们差不多全可以同意。不过我们还是要坚持一点，人类并不，也许永远不能“知道事实”。但你的“善邻政策”的意思是还可以接受的，为了明确地表明我们的地位起见，我们得绕一个小弯来说明“向度”（dimensionality）这个字眼。

你已经知道得很清楚，在一个平面上，一点可以用一对数目来标定。如下图 A 点是用（4，3）来标定的。因为从 *O*

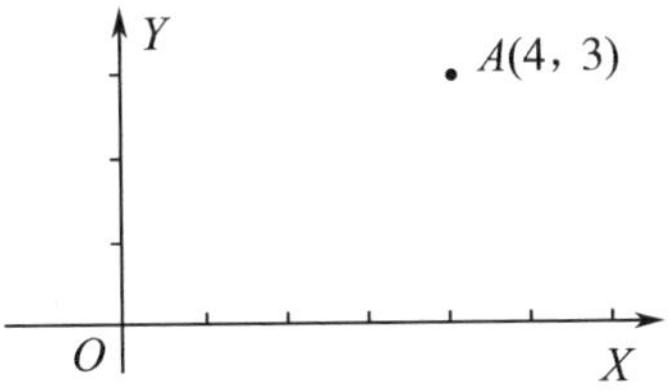

向右走四单位向上走三单位即可达到该点。这方法同样可施用于平面上另外各点。因此我们说，平面是“二度空间”。在地球上也许需要两个数来决定一点，这就是纬度与轻度。因此地球的表面也仍是“二度空间”的。同样，任何一个表面都如此，不管它的形状如何。如你所知，在“三度空间”里，要定一点需要要三个数目。例如，我们须知道纬度经度与高度，才可以确定在我们所居住的世界中的一点。

现在我们必须提醒你注意一桩重要的观念；在上面的讨论中，我们只说到怎样确定一“点”。假使我们选取些别的“物事”而不仅是“点”，如一个“圆”，并设想在任何一个空间内，充满了大大小小的圆，有着各各不同的中心。如果我们要讨论这未知空间的向度，应照下述步骤进行：先采取一个普通的欧几里德平面，设想它充满了圆而不是点，如前所说。现在如想决定某一个圆的位置时，先得找到它的中心，这需要两个数字。再找得同圆心而半径不同的每一个圆，这样就必须有另一个数字，半径。照这种看法，一个普通的欧几里德平面是“三度空间”的了！同样的，我们所居住的那一个“三度空间”的世界现在该是“四度空间”的了，假使我们选择的是球体而非“点”的话。这样，一个空间的“向度数”是靠了我们所选的物事而定。如果我们先把物事决定了，那末向度数当然不会缠不清楚了。

在近代物理中，用“事件”（event）比了用“点”来得

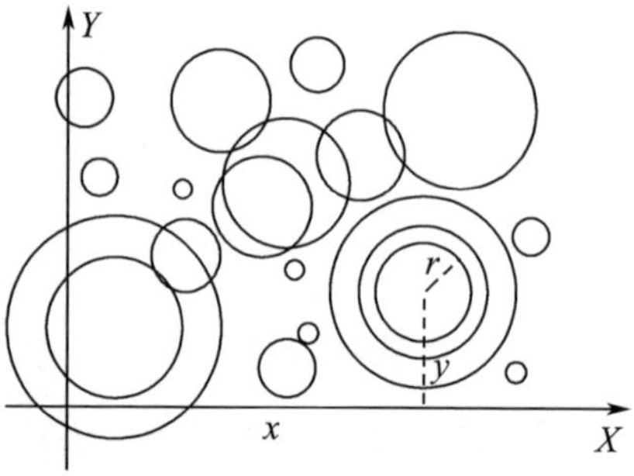

方便，这是就用它们来形容物理现象而言。因为每个“事件”都是用四个数字来订定的，这就是“纬度”“经度”“高度”和它所发生的“时间”。因此，我们可以说是居留在一个四度空间之内而没有什么疑惑与神秘了。

现在让我们看一下在本章开头时的讨论与这个有什么关联。

十九、准备

在上章里，我们已经知道在欧几里德平面中，一条直线的长度，无论用任何一种轴，都可由下面这个公式求得：

$$d = \sqrt{x^2 + y^2}$$

同样地，在三度空间的欧几里德空间中，

$$d = \sqrt{x^2 + y^2 + z^2},$$

这里 $x = OB$，$y = BC$，$z = AC$。

在这三度的空间中 $x^2 + y^2$ 如单独提出而没有 z 的话，那末垂直轴如有变换，它的值就相应而起变化。因此，若不变换轴，而将 OA 移往新位置，如 OA'，则 $\sqrt{x^2 + y^2}$（或是 $\sqrt{(x')^2 + (y')^2}$）仅为 OA（或 OA'）的投影。自然，一物的本身虽然不会变易，它的投影却会随了它的回转而变易其长

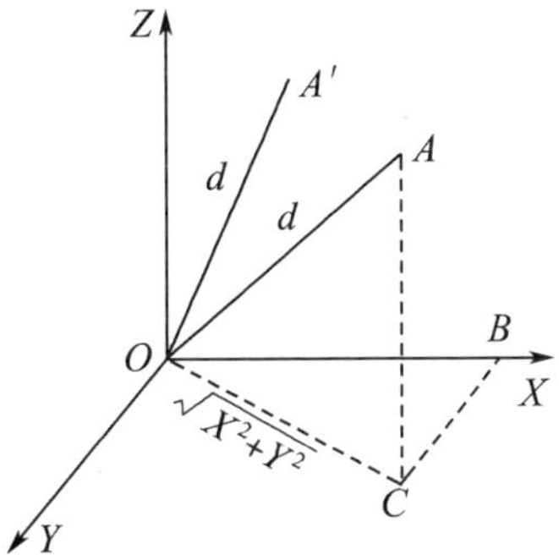

短，同样的，在近代物理中，如果你在四度空间中，选取两个“事件”的间隔，如 O，A（不是两点）永远不变的是 $\sqrt{x^2+y^2+z^2+\tau^2}$，这 τ 是关涉了第四个数字，就是时间。而 $\sqrt{x^2+y^2+z^2}$ 也不再是一个常数，正如从二度空间变到三度空间时，$\sqrt{x^2+y^2}$ 也不能保持其常数一般。换成普通的话语来说，是这样的：两个观测者，K 与 K'，相对的用了不同的等速度向一个目标移来，他们所测得的物件的长度是不同的；这样，物件的长度，你会说，只是一个四度空间的“间隔”在三度空间的投影而已①。“是啊，”普通人回答了，“你的话说得有点玄妙了，当我看了你给我的公式时，我一点也没有疑问。可是回到第十八章开头的问题时，你实在只是说明在近代物理中，你不再视物件的长度为不变的，并且也不管那个观测者是谁（在爱恩斯坦之前人们说，这是与观察者有关的）。但是，无论怎样，这四度空间的“间隔” $\sqrt{x^2+y^2+z^2+\tau^2}$，在 K 与 K' 看来总是相同的。所以这个就是客观的事实，而不是 $\sqrt{x^2+y^2+z^2}$ 了。然而原则却还是一样的：界世上有着物理的事实，我们正在逐渐寻找它们出来。”

---

① 如欲更知道一些，请读 *The Einstein Theory of Relativity, the Special Theory* by Hugh Gray and Lillian R. Lieber(Galois Institute Press).

普通的人们，照我们看来，你们是聪明的，可是头脑却是十九世纪的。因为二十世纪的近代物理学家知道，无论他发现的任何“事实”都是实验性质的。他们代表在一定时间内藉已知的观察与试验之助，我们所有的最好的认识。但是他看得很清楚，即这些观察是人的观察，由于人的情绪与想法的限制，是不可以视为“真实”的。如爱恩斯坦所说：“我们所创造的任何事物都是靠不住的。”

那么这还有什么用呢？

明显的回答是：“不咀嚼不能知味。”这是说，如果我们的科学能使我们在这个复杂的世界中转动得容易些，即使它不过是一种“藏书”或“记忆”之类的东西，它到底使我们的种种观察互相关联，好让我们记忆和了解得好一些。简单的说，近代的物理学家，用他的常人的方法来作种种观察，发现他曾反复观察的一些事情如果被视为物理上的假定是非常方便的，他再用常人的逻辑来发展这些假定的结论。最后，他更多作一些观察，以决定他是否要对他由逻辑推得的结论更作观察。如果是的话，他叫他的理论是好的。但是他不当误认，他的定理在未来的全部的观测的光明中还是好的。自然的，他观察他所断认的事物，他觉得是好的，我们不能嫉妒他这种满足的感觉。因为我们只能这样说，假使我们比较一个科学家的（如爱恩斯坦的）和一个普通人的断定，我们不能不为他的更为伟大的成就所感动。如此，当爱恩斯坦在1916年预言有那么一天（1919）你到那么样一个地方去（非洲）架起你的摄影机，为星座照张像，你将发现，它在照片上的位置移开了它们的正常位置一小点（约弧的17.5秒）了。如果科学家照了他的话去做，就正发现了他所断言的事实！

如果一个科学的门外汉能够与这个预言的力量结合，我们承认他与科学的有同样好的趋向。我们不必要说这种预言的力量还不会为一般不信科学思考不集中大言不惭之流所接近！这也正是我们为何要说科学预言是清明思想的胜利的原因，即使它们并非绝对的真理。

这样，一个近代的科学家是不再谈“客观的事实”的了。但是他们却谈到“转变之际不易的事实”。如此，$\sqrt{x^2+y^2}$就是一个当轴转动时不变的事实（在二度空间的欧几里德平面中），但在三度空间的欧氏平面中的轴的移动时却非不变的了，无疑的，你会承认这是一种更正确更适合的说话的方法。而且，科学家们如此的准备着变易，因为一旦新的观察或重新考虑他自己的基本观念，就会需要新的变易的绪论。他得预备放弃他的旧的“不变的事实”接受新的。同时，准备着这种可能，他镇静得多，不像十九世纪爱恩斯坦发现他的新系统时一般物理学家的无措。所以现在不单是这个新系统被接受了，因为它比旧的更为适当，而且由于这结论，物理学家更有一种对他们整个活动范围的一种更新的期待。

教训是：新的观点需要使我们的思想有更大的弹性，需要对变革有所准备。将你的思想从旧泥潭里拔出来吧，使你自己能适应一个继续不断变动着的世界！

二十、这些近代事物

现在让我们回到图腾极的最上层去，在那儿，两个二也许是也许不是四，在那儿，三角形和少妇都被肢解了——简单的说，在那儿你可看到最近代的数学、艺术、音乐……中的事物。

现在再让我们看一下这许多不同的园地中到底有什么相同之点，使它们都成为近代的呢？虽然在表面上看来，它们是那么地彼此不同。

近代化的倾向大概是这样的：

（1）人类开始发觉他是一种非常富于创造力的动物。他变得更为勇敢，而且从他的旧的范围中打出去，发展得更远了。

（2）那结果是比了以前有着无限多的差异。

（3）在他的徘徊的径路上，他更发现了些非常奇怪的东西。不过他是学习着对这种奇怪东西逐渐减少他的畏惧心。

（4）他变得对抽象事物愈有兴趣了。

这许多，你在这本小书中，在他们与数学的关联处已经明了的了。不过你停下来去研究近代音乐、近代航空、近代艺术和其他近代领域里的东西时，你会发现，那些地方，还是有这许多特性。又因为你似乎已经多少熟习于奇异的新事物，而且慢慢地喜欢了这些（我希望），你一定无疑的用奇异和欣羡的心情来看这本小书中的一些插图了。因为一种近代的教育，一定要包含了一些各各部门中的近代的趋向的。

你或许要预料这些插图都是奇怪而肢解的，但是现在你晓得，奇异是近代事物的一个特性——即使在数学与物理中也是如此的。同时你也不会奇怪，近代艺术比了旧的艺术有更多的派别。正如今天的数学比起一般的情形来有了更无限多的派别一样。

最重要的是，记住前面第 17 页我们给你的警告，在那儿我们请求你不要向任何高层楼住客，无论是数学家或是艺术家发这种问题："你所做的事到底有什么实用?"这一套与普通老百姓有什么关系?"因为，如我们所已经告诉过你的，没有人能回答这些问题。高层楼的住客们的成绩是一些自然现象，也就是最有兴趣的人类的文件——可是万一它们又以第一层楼的小玩意的资态出现时，那就不是他们最关心的东西了！

结　论

有着各异的观点，也还是可能得到妥协的（见第十八、十九章）。

除非我们将不同的观点来加以比较，我们简单不可能论及不变的事物（第 56 页）——这将使孤立主义和乡土观念变为可笑的事物，而容忍也将成为必要了。这种不变的事物可能被不同的观察者所发掘，“他们有着同等的权利，也有着同等的成功”①（第 51 页）。但是什么是每个观察者有权利去做的事呢？明显地是他只能努力去做（由严格的标准衡量）：尽可能的准确地去量度（由最好的试验室的实习去判断）；直截的思考（由近代数学家与论理家的最佳标准判定），而不仅只是问难。

适度、谦逊和自信应当是人类行动的特点（第 48 页）。

因为他的知识只是尝试的性质（第 54 页），所以他必得准备着变革之来临（第 56 页）。

---

① 看《爱恩斯坦的相对论》(*Einstein's Theory of Relativity*) H. G. 和 L. R. Lieber 著(Galois Institute Press)。

不过他必须进步，而只是微量的变动（第42页），尊敬传统，而不为传统所奴役（第29页）。清明的思想与细心的观察结合，应当成为他最“现实”的武器（第56页）。

“常识”可以被扩大而发展，但是不得停留于幼稚的阶段（第22页）。

“人性”并不是“金钱掠夺”和“自刎”同义的：人类是一种更为复杂而有趣的生物（第16和57页）。

战争的罪恶不能归诸科学（第五、六章）。

我们可以离开安那其（anarchy）而仍有自由（第46页）。

在人类的成就中，民主是必要的（第16页，与第十八、十九章）。但是我们必须对它的基本原则忠实，否则我们就将全部丧失了它（第39页）。

还有其他……

无疑的，你还可以找到还有不少这样的教训，在数学、科学、艺术中间。因为这本小书只是这种看法的一本小小的样本。我们并未曾多谈技术的问题（偶然也有一些），但是我们相信这是人类成功的一个一般的原则。也许我们可能从它们学到怎样考虑社会科学（举个例）也能得到同样的成功。因为人类有如许的创造力，决不会使社会上的问题将他击败的。但是他们也决不会自己解决问题的！他必须像数学家、科学家、艺术家一样的给他的想像以充分的自由；而同时，还须时时记住他的自由的限度。现在请翻到卷首《介绍密次先生》一章，再读一遍，用你在这本小书里得到的光明去仔细咀嚼一下。你是否同意我们，这种材料的确有对这些观念的意蕴澄清的功能？

后　记

两年以前苦住重庆，生活无聊已极。为了打发空虚而可怕的日子，我译了这一本小书。原书是一本美国陆军中翻版分发的小册子，小得很，可以随时带在身边，最合适的地方是裤子后面的袋子里。随便在野外、车中、飞机里都可以掏出来读上一段。这本小书很有趣，很使我消磨了一些时光。我的翻译只用了一个多星期，在我的工作里面算是很快的了。我也会读过一个时期的科学，这本小书的翻译也大概是我的“本行工作”中的唯一的一本了吧？

原书题名为《密次先生的教育》(The Education of T. C. Mits)。这里密次先生（T. C. Mits）是缩写。如果写出全文来应该是“The Celebrated Man in The Street”，意思就是一般的普通公民。这是一本以普通人为对象而介绍数学的小书。不但是数学，它还旁涉及于思想方法和一些更为广阔的知识，文字浅显而美丽，用散文诗分行写成，我这里却只能译作散文了。它不但有着科学之光，照我看来，也还含有艺术之香，是我对这本小书感到有趣的一点。

作者是两夫妇，他们尽力于一桩事业，Galois 数学学院

（Galois Institute of Mathematics）尝试使一般社会上的人士对于近世数学的伟大力量能有清楚的认识，明白它不仅为一种清醒思想的工具，也是一种引入美满生活的哲学。他俩分工合作，H. G. 负责近代艺术（本书的插图就是他画的），L. R. 专管近代数学。他俩的工作曾经获得爱恩斯坦等科学家的称誉，他们说："在读密次先生的教育之前，我从未觉得这是可能，对人类的思想如此的掘发，扩大，解放。"

这一本译文曾经在《少年读物》上连载过，现在有单行出版的机会，因少少记述有关原书的一二小事，译笔芜难，错误不免，希望读者指教。

三十七年二月十二日在上海记

图书在版编目（CIP）数据

莫洛博士岛 数学与你/黄裳著.-- 济南：山东人民出版社，2020.6

（黄裳集.译文卷.Ⅰ）

ISBN 978 - 7 - 209 - 12050 - 0

Ⅰ.①莫… Ⅱ.①黄… Ⅲ.①长篇小说—英国—近代②数学—通俗读物 Ⅳ.①I561.44 ②O1 - 49

中国版本图书馆 CIP 数据核字(2019)第 106210 号

莫洛博士岛　数学与你

MOLUO BOSHI DAO　SHUXUE YU NI

黄裳　著

主管单位　山东出版传媒股份有限公司
出版发行　山东人民出版社
出 版 人　胡长青
社　　址　济南市英雄山路 165 号
邮　　编　250002
电　　话　总编室（0531）82098914
　　　　　市场部（0531）82098027
网　　址　http://www.sd - book.com.cn
印　　装　北京图文天地制版印刷有限公司
经　　销　新华书店

规　　格　16 开（160mm ×230mm）
印　　张　16.5
字　　数　164 千字
版　　次　2020 年 6 月第 1 版
印　　次　2020 年 6 月第 1 次
ISBN 978 - 7 - 209 - 12050 - 0
定　　价　48.00 元